きみの鳥はうたえる

佐藤泰志

河出書房新社

目次

きみの鳥はうたえる

きみの鳥はうたえる

チャーリー・ミンガスが死んで少したってから、追悼のレコード・コンサートを徹夜でやったことのあるジャズ喫茶の前で、静雄とわかれた。あいつは保険会社に勤めている兄に泣きついて金を借りる算段をしていた。春までやっていた仕事の失業保険が先月で切れたからだ。今夜は帰らないかもしれない、といったとき、鍵はあけておくよ、と僕はいった。僕らは、じゃあ、といってわかれた。僕はその店に入るようなふりをして、静雄の姿が夜のなかに見えなくなってしまうまで、突ったっていた。それから店は素通りして、パチンコ屋やゲームセンターが何軒も並んでいる人混みのはげしい通りにでた。

勤め人たちが駅のほうからあふれてきていた。道は狭く、タクシーがそのあいだを曲乗りでもするようにさかんにハンドルを左右に切りながら、人を避け避け、通っていった。僕にはこの夏がいつまでも続くような気がした。九月になっても十月になっても、次の季節はやってこないように思える。そんなときは僕は口数が少なくなった。駅前広場の角にある壁一面に樹の絵が描いてある本屋の前で、立ちどまってポケットをまさぐってみた。バスの回数券が何枚かと、二、三千円の金が入っているだけだった。本屋の壁は、夜、営業しているあいだ、何百ワットもの照明で壁の樹を照らしていた。その下に立つと、夜は特に、うきうきした浮ついた気分になったものだ。

僕は本屋で映画雑誌を買って外へでた。その雑誌の新作ポルノ映画のグラビアが好きだったからだ。雑誌はまるめて脇に挟んで、くわえ煙草で人混みのなかを歩いた。薬局の時計をのぞくと七時だった。静雄のいない部屋でひとりで時間をすごすには早すぎる。そのときになって、昼に立ち食いそば屋でうどんを食べただけなのを思いだして、静雄にもっと金を渡しておくんだった、と後悔した。僕はあいつがどっちかといえば口数の多いほうではないのを、まだあいつに語尾の重い田舎なまりが残っているせいだろう、と思っていた。だがこの頃やっとそれが誤解だとわかりはじめてきたところだった。

夜は電気も消え、ネットを張ったままの卓球台が、暗がりにぼんやり見える私設の卓球場の角で、佐知子と店長にばったりあった。仕方がないので、今晩は、と僕はいった。

「なぜ無断欠勤をしたんだ?」

店長は脇に挟んであった映画雑誌を見ていった。そして鼻で笑ったが、佐知子は黙って、卓球場の暗いガラスのほうを見ていた。明日はでてくるのか、と店長がきいたとき、僕はそのガラスに映っている佐知子の歪んだ顔に視線をやっていた。

「どうなんだ?」

僕は殴ってやりたかった。ふたりが立ち去りかけたとき、すれちがいざまに、佐知子が腕を伸ばして肘に触ってきた。なにかささやくときのように眼の隅で僕を見たので、ひとりになってからも僕は卓球場をのぞいて、そこにいた。そんなふうに、親しくもない女を待つのは、はじめての体験だった。勘ちがいかもしれない、と思ったので、数を数えて一二〇になったら消えようと考えた。こいつは賭けだ、といいきかせた。六二、六三、と数えて、そわそわした。百を越えたとき、あきらめかけて煙草を靴底でもみ消した。とんだお笑いだ。顔をあげると、ガラスに走ってくる佐知子が映った。一二〇まで数え終ってから僕はふり返り、すると佐知子は駆けながら笑いかけてきたようだった。

心が通じたわ、と着くなり息をはずませていったので、かわいい女だな、と僕は思った。

「一日、なにをしていたの？」

「今、映画館からでてきたところだよ」

「今度誘って」

「いいよ」といって上気した耳朶を見た。そして、でもただじゃすまないぜ、とふざけるつもりでいうと、こわばった怒った目つきで僕を見返してきた。少したってから、いいわ、誘ってよ、とうわずった声をだした。

「そうか、それならいいよ」と僕はいった。

ところで店長にどんな嘘をついて戻ってきたんだ、ときくと、あんたにはどうでもいいことよ、安っぽい女に見ないで、といった。

「それより今夜、会いたいわ」

それなら、と僕はアラの店へ行く道順を、卓球場のガラス窓に指で書いてやった。

「九時半でいいかい」

「わかったわ。約束忘れないで」

「行くよ」

「映画の約束もよ」

「そっちこそ」というと、また彼女は怒ったような目つきになった。

「からかっているのね」

「まじめだよ」

そのときには僕はほとんど真剣な気持になっていた。でも、佐知子が、嘘つき、からかっているんじゃない、ともう一度いったので、僕にすねたってしようがないよ、と僕はひやかした。その場で佐知子とわかれると、一度アパートへ戻ることにして、駅の南口のほうへ歩いた。ロータリーで七、八分待って、市役所行きの始発に乗った。終点に近づく頃には乗客は僕ひとりだった。採算を考えるならとっくに廃線になっていい路線だった。郊外に移転した市役所に用のある人々のために、市がバス会社に補助金を出しているのだ。だから夜、この路線を利用するのはほんの限られた数だった。

バスをおりると地面が湿って、空気はしっとりしていた。しばらく畑にそって歩いた。

僕らが共同生活しているアパートは、六月には麦畑だった畑の中にある、スーパー・マーケットの二階だった。マーケットのなかにある酒屋が大家だった。車が道楽の、頬のこけた斜視の男で、部屋にいると女房を殴りつける音がしょっちゅうきこえた。殴り方がしつこくて、休み休み殴るといった感じだった。そのあいだ女房は死にそうな悲鳴をあげるのだ。その声をきくとこっちがいたたまれなくなる。あの人は偏執狂だよ、車だってみてみなよ、暴走族の小僧みたいに車高をぺったんこにしているじゃないか、と一度静雄が人物評をしたことがある。あの齢で暴走族志願なんだよ、そのうち女房もぺったんこにするつもりさ、と僕は笑ったものだった。そのときも、大家が女房を殴っている最中で、悲鳴や泣き声や怒声がきこえ、静雄は窓辺に椅子を持っていって坐り、日曜の競馬の予想をたてていた。それでなおさらあいつは腹をたて、舌うちしながら、予想が外れて僕が損をしたら、あの気違い野郎のせいだ、そうなったら、まずあいつをぺったんこにしてやるよ、と罵った。僕はおかしくてたまらなかった。うん、そいつは賛成だ、世のため人のためだよ、と僕がいうと、静雄は真面目くさって、正当防衛だよ、これは、といって力んだ。次の日曜日、障害レースで静雄が珍しく大穴を当てなかったら、本当にそうなったかもしれないと、今思ってもおかしいぐらいだ。

部屋に戻ると、冷蔵庫からセロリをだしてきて齧った。セロリをくわえたまま、他になにかないか捜したが、チーズのかけらと食パンがひと切れあるだけだった。マヨネーズがあったので、セロリになすりつけた。チーズと食パン、それに朝いれたコーヒーの残りを沸かして、買ってきた映画雑誌を眺めながら飲んだ。火をつけたせいで、部屋は窓をあけておいてもむっとした。汗でわきの下がぐっしょりになった。裸になって、静雄とふたりで暮すことにしてから、ディスカウントで買った二段ベッドの下の段にもぐりこんだ。

店長はさっき、自分の店で雑誌を買うようにしろ、といいたかったのだ。また僕は、あいつを殴ってやればよかった、と思った。ベッドで裸で寝そべっていると、すぐ眠気がやってきた。今夜の佐知子との約束を思いだした。会いにでかけていれば、今夜のうちに、ただですまなくなりそうだった。佐知子が卓球場の前で、あんなこわばった怒ったような目つきになったのは僕の言葉をまにうけたからだ、でも彼女がそう受けとったときには僕もその気になっていたんだ、と思った。実際僕は、頭に血がのぼってペニスがふくらみ、それが彼女の身体に入って行くように道端で感じたほどだ。明日も明後日も、仕事場で顔をあわせたら、そう感じたのを思いだしてしまうだろう。だから、今夜アラの店へ行って彼女と会い、飲んでお喋りして、片をつけたほうがいいのかもしれない。ペニスが入って行くとき、彼女はどんな声をあげるだろう、と想像したりした。起きあがろうとしたが、億劫で身体がだるかった。すっぽかそうかどうしようか、と考えているうちに眠ってしまった。

十時に一度眼がさめたが、部屋は電気がつけっぱなしで、静雄は帰ってきていなかった。子供が生れたばかりの兄貴の社宅に泊めてもらうつもりだろう。アラの店で佐知子はまだ待っているだろうか。今夜は土曜日だった。うかれたい連中は、あそこに集っていて、遅くまでわいわいやるはずだ。

しかし僕はベッドをでて電気を消すと、もう一度もぐりこんで眠った。佐知子が今夜、愉快にやりたいだけなら、あそこにいれば誰かと知りあえるはずだ。

真夜中に静雄にむりやり起こされたときは、夢を見ている最中だった。眼がさめると、もう思いだせなかった。さめた途端に忘れたような感じだったので、なんだか後味悪くて変な気分だった。

「眠らせてくれ」と僕は寝返りをうって頼んだ。

「駄目だよ。土曜の夜だぜ」と静雄はあきらめずに僕の肩をゆすった。

「明日は仕事に行かなきゃならない」

「休んでしまえよ」

「そうはいくか。いいからほっといてくれ」

「土曜の夜にベッドでいびきをかいている二十歳の男なんて、どこにもいないよ」

「ここにいるよ、僕がそうだ。それに僕は二十一だ」

野暮だな、土曜なのに、と静雄がまだいい続けるので、それがなんだ、そんなものシリトーにでもくれてやれ、と僕は大声をだした。すると静雄がわざと僕の耳もとで拍手しながら、立派だよ、たいした文学青年だ、と皮肉をいった。僕は無視して、身動きもせずにいた。

すぐ台所で水を流す音がした。ベッドから頭だけだして静雄を見ると、あいつは上半身裸になってなにか洗っている最中だった。僕も静雄も二十一だった。あいつのほうが、四ヶ月だけさきに生れていた。裸になると僕らはみすぼらしくなかった。ベッドから起きだして、脂でごわごわになった髪をかきあげながら、何時だ、ときいた。まだ十二時だよ、オールナイトの映画に行こう、と静雄がふり返っていった。あんまり無邪気な顔をしたので、僕は腹をたてる気にもなれなかった。

「昼間、三本も見たじゃないか。ふざけやがって、いいかげんにしろよ」

「食べるかい?」といって、静雄は台所で洗っていた林檎をさしあげてみせた。ききもしないのに、義姉さんの故郷は林檎の産地なんだ、といった。そうかい、だけど林檎なんかじゃつられないよ、と僕はいった。いいながら、兄貴から金を借りるのは失敗だったんだな、わかりきっていることなのに、と思った。

台所のテーブルで林檎を齧り終るまで、僕らは口をきかなかった。そのテーブルは、僕らの数少ない大事な持物だった。僕らは、テーブルと椅子、古い霜とり装置のときどきいかれる冷蔵庫と二段ベッドしか持っていなかった。あとあるものといったら、ビール瓶やジンの空瓶だった。林檎が咽をさっぱりさせてくれた。果汁が唇や咽を湿らせて、息をすると林檎の甘ずっぱい香りが、顔の前に広がるようだった。

「兄貴は元気だったかい」と僕は満たされていった。

「ああ」

「兄貴はなんだって？」

「働けとさ」

「林檎をもう一個くれ」

静雄が、ほらよ、といってもうひとつほうってくれた。

「オデオン座のオールナイトに行くのか」

「いいよ。ひとりで行ってくる」

「なんだよ、人を起こしておいて。オデオン座だろ？」

「ああ、そうだ」

僕はふたつの林檎を食べ終ると、ズボンに足をとおしながら、仲の悪い兄貴のところへなぜ金を借りに行くんだ、といった。

「兄貴だからさ。腹ちがいでも僕の兄貴には変りないよ。それに仲なんて悪くない」

「そうか。わからないな」

「おまえなら行かないだろうな」

「ああ、行かないな」と僕はいった。

オデオン座まで夜道を歩いて行くことにした。そこまで僕らの足で十五分かかった。こんな夜には、僕はあの店でやったチャーリー・ミンガス追悼のレコード・コンサートにふたりででかけたときのことを思いだす。僕らはチャージしたバーボンをゆっくり飲んで、朝までミンガスをとっかえひっかえ聴いて、眠りたいとさえ思わなかった。静雄はひとことも口をきかなかった。それで僕も黙っていた。朝、店をでて、尻が痛くなったな、と口をききあったとき、尻で聴く音楽もある、と静雄がいったので、僕は、おまえはなかなかの詩人だよ、とからかった。それがあの晩の唯一の会話らしい会話だった。ふたりでいるあいだ、静雄がたとえ、ひとことも口をきかなくても、僕はあいつの肉体が植物のように苦にならなかったろう。女といてもそんな気持はめったに味わえなかった。だから静雄は、僕の友達だったのだ。

オデオン座へ行くと、深夜なのでもぎりは男がやっていた。僕らはその男をよく知っていた。ちょっとした有名人だった。いつだったか静雄と、ブルース・リーを見ていたとき、強盗事件が起きて、そのときふとももを刺された男だった。あのときは不意に怒鳴り声や駆けまわって争う音がしたので、痴漢でもでたんだろう、と僕は静雄にいった。ブルース・リーを最後まで見てでてくると、その晩はプログラムが替る日だったので、今週と来週のフィルムが床に並べられ、取り替えられるところだった。警官が通路に綱を張り、何人か突ったって、僕らをそこに入れないようにしていた。それで強盗事件だとはじめて知ったのだった。もぎりの男は刺されても駅まで刺した奴を追って行ってそこで倒れた、と翌日新聞に写真入りででていた。今頃、こんな美談なんてあるかい、稀少価値だよ、と僕らはうれしくなっていいあった。静雄はそれを切りとって、自分のベッドの壁に、今ではサウジアラビアだかどこだかに亡命してしまった、あの人殺しのアミン大統領の写真と並べ、水色の画鋲でしばらくとめておいたはずだ。

そのもぎりの男は、齢取ったネズミみたいに物静かな小男で、僕はポケットから皺くちゃの千円札を二枚だして、深夜の特別料金を払った。売店は閉っていたから、自動販売器でコカ・コーラを買った。

僕らはいつも前から二列めのシートに坐ることにしていた。そこだと前のシートの背もたれに足をのせてくつろいで見ることができたからだ。一本めの古い西部劇のエンドマークがでる頃、静雄は寝息をたてはじめた。僕は眠りこそしなかったが、西部劇に身が入らなかった。いいわ、誘ってよ、といった佐知子をまた思いだしてしまった。僕は、ただじゃすまないぜ、といったのだ。あの女は本気になった。唇をひきつらせ、緊張して僕を睨んでいた。壊れそうなほどいい眼だった。それを思いだすと、頭の芯がかすかに痺れたようになった。それでコカ・コーラをもう一本飲みに席をたった。

僕は二本めのコーラを、自動販売器に背中を押しつけて飲んだ。館内に戻ると、静雄が眼ざめて、あちこち席を見まわしているのが、うしろのほうから見えた。きっと僕を捜しているのだ。

「帰ったのかと思ったよ」と案の定、静雄はいった。

スクリーンの光で静雄の顔はごつごつして青ざめて見えた。僕は煙草を一本だして、黙って静雄の唇に押しこんでやった。

「どのぐらい眠っていた？」

「三〇分ぐらいだろう」とマッチをすってやりながらいうと、

「なけなしの金で見にきているのに」といって前歯を暗がりに浮びあがらせた。すかさず僕はその前歯を指ではじいてやった。静雄がおどけてボクシングの選手みたいに顔をのけぞらせた。また強盗でもでないかな、とあくびをしながらいったので、おまえがやりな、と僕はいった。

しかし、本当に僕らは、あとコカ・コーラを五、六本飲むだけの小銭しかなかった。映画がはねて、夜明け近い涼しい通りで僕がそれをいうと、静雄は、それじゃ、いよいよ強盗の計画をたてなければならないな、と軽口を叩いた。僕はおりるね、身体を売るほうがましさ、と負けずに僕も軽口を叩いたが、腹のなかでは明日になったら金の工面をしなければならない、と考えていた。それに、軽口なんか叩くくせに、本当は静雄が働いていないことを気に病んでいるのがわかっていた。明日、もう一度、兄貴のところへ行ってくる、と静雄はいった。

「もうやめろ。今日行っただけで充分じゃないか。明日、僕がなんとかするよ」と僕はいった。

「義姉さんなら、こっそり貸してくれるだろう」

「馬鹿だな」思わず僕は強い口調になってしまった。「兄貴も義姉さんもあてにするなよ」

「おまえがどう思っているか知らないが」とあいつはまだいおうとした。

「どうも思っちゃいないさ」というと静雄は黙った。そして心がぐしゃっとなったような顔をした。

僕らは並んで商店街を歩いていた。人も車も絶え、一緒にオデオン座からでてきた連中もちりぢりになって、今は僕らふたりだけだった。だが、あちこちに夏らしい快活な雰囲気が残っていて、それは舗道にも街路樹にも漂っていた。朝方の空気は密度が濃かった。それに涼しかったので、皮膚をさっぱりさせてくれた。それで充分だった。僕らはもう金の話なんかしなかった。

交差点を渡って、輸入盤専門のレコード・ショップの前にさしかかったとき、通りのむこう側に、開店祝いの花籠をだしっぱなしにしている店を僕が見つけた。どうせ造花さ、と静雄はいった。見てくるよ、といって静雄から離れ、僕は道を横切った。花籠の前まで行くと、僕はびっくりして眼をみはってしまった。

「おい、静雄」と僕は大声で叫んだ。

静雄は通りのむこう側にたって、なんだっと叫び返した。

「きてみろよ。信じられないぞ。本物だ。全部本物の花だ」

「嘘をつけ」

僕は片っぱしから花を引き抜きはじめた。すごいぞ、すごい、とそうしながら僕はひとりではしゃいだ。静雄がやっと小走りになって僕のところへやってきた。そして、花籠を見ると、こんなのってあるかい、といった。

「かっぱらっていこう」と僕はいった。

「もうかっぱらっているじゃないか」と静雄が僕を指さしたので、そうだったな、と僕は笑った。どういうつもりなんだ、夜じゅう、花籠を通りにほうりだしておくなんて、と静雄がいった。

「知るもんか」

「僕ならこんなことはしないな」

「ああ、僕だってしない」

静雄は、僕らは運がいい、ついている、といった。早くかっぱらってしまうんだ、と僕がいうと、ああ、そうしよう、と静雄はいった。腕に抱えると茎についていた水滴が服や腕を濡らした。花は僕らが名前を知っているのも、まるで知らないのもあった。世のなかは間違いだらけだよ、と僕はいった。映画を見にきてよかったろう、と静雄は子供っぽく自慢気にいった。ころあいを見て僕は、もうこの辺にしよう、帰ろう、といった。僕らは花籠から離れて、通りを渡った。

アパートに戻ったときには、もう夜が明けはじめて空は青みがかったが、僕は平気だった。それに仕事にでかけるまでに、二、三時間は眠れそうだった。部屋に入ると、テーブルのうえに、静雄が義姉からもらってきた林檎が五、六個転がっていて、近づくと甘い香りをたてていた。腕を輪にして僕は林檎をテーブルの隅におしやり、一旦、そこに花束を置いた。僕らはしばらくむかいあって坐り、林檎を齧りながら、花に見とれていた。そのあとで、静雄は、台所のプロパンガスのまわりを這いつくばって、空瓶やなにかをかきわけて、ポットを捜しだしてきた。静雄がそれを洗い、僕は蛇口の水をだしっぱなしで、ハサミで茎を切りそろえてやった。そうしながら、少女趣味満点だな、と僕は笑った。静雄は僕の手つきを見て、おまえは花屋になるといいよ、お似合いだよ、とひやかした。

僕らはポットをテーブルに置くことにした。手を鼻孔にあてると、水と植物の青くさい匂いがこびりついていた。静雄はいかにも満足そうだった。口笛を吹いていた。僕は、花屋になったほうがいいのはおまえのほうじゃないか、といってやった。

そのあとで静雄はラジオを聴きながら、テーブルで手紙を書きはじめ、僕はベッドにもぐりこんだ。静雄が誰に手紙を書いているのかはきかなくてもわかった。母親以外にあいつが手紙を書く相手はひとりもいなかったからだ。夕方、僕とわかれてからどうしたのか、と手紙を書きながら静雄がきいた。あの店でたっぷり音楽を聴いた、くたびれて帰って眠った、と僕は佐知子のことはいわずにそう答えた。あいつは、そうか、といって、あとは顔もあげずに手紙を書いていた。眼をつむると僕はあっというまに眠ってしまったようだった。

　だが眼ざめると、九時で暑かった。店長がきっとなにかいうだろう、と思ったが、遅刻のいいわけはすまい、と考えた。のろのろ起きて水を飲んだ。顔を洗い、ベッドに戻って上の段をのぞきこむと、静雄は正体もなく眠っていた。目蓋がくまになっていて、あけた窓から射しこむ陽が顔を照らしていた。枕元に持ちこんだラジオが日曜の朝の番組をやっていた。猫撫で声をだす女性が語りかけるキリスト教の番組だった。日曜日の日課はまずこれを聴くことからはじまるのだ、と以前、静雄が冗談めかして話してくれたことがある。僕は手を伸ばしてラジオのスイッチをきった。

　夜明けに帰って林檎を食ってしまったので、腹につめこむものはなにもなかった。僕らにあるのは花だけだ、と考えるとおかしかった。

　花をいけたポットのそばに封のしていない、静雄の母親あての手紙があった。おもて書きをのぞくと、叔母の住所になっていた。そこであいつの母親は、叔母たちの世話になって暮しているのだ。ちいさな漁村だそうだが、詳しいことは知らない。なぜ叔母さんの元で暮すようになったのか、たずねたこともなかった。

　僕あての走り書きのしてある紙切れがあったので、手にとると、二行書いてあった。

切手代、置いていってくれないかな。
今度の泊りの日はいつだい。

水曜日さ、とその下に鉛筆で書き、小銭を全部だすと、テーブルに広げた。勘定して半分だけポケットに戻した。

一度だけ静雄は、行かないか、とその叔母たち一家と母親の住んでいる漁港へ僕を誘ったことがある。ちょうど夏に入った頃だ。もちろん、急にそんなことをいわれても、僕は気のりしなかったから断わった。すると静雄は僕の返事を無視して、ひと夏泳ぐのだ、ひと夏だぞ、といった。叔母夫婦は漁師で子供が三人いる、男がふたりで女がひとりだが、長男は漁業会社に就職している。長女は結婚している。家に残っている次男は僕らと齢もかわらないし、きっと気があうだろう。静雄はそのとき、そんなふうに話した。海は海水浴客に荒されていないから、僕らは一日泳いで愉快にやれる、きっと夜はよく眠れるだろう。そこまで静雄がいったとき、ちょっと待ってくれ、いいか、と僕はさえぎった。静雄、僕はここでも充分に眠れるんだ、夜、気持よく眠るために、わざわざ叔母さんのところまで行く必要はない、それに僕はこれでも疑い深いたちだ、きっと、なんて話には飛びつかないことにしているんだよ、と僕はできるだけ、つれない声をだしていった。おまえはひねくれ者だよ、と静雄がいったので、そうかい、と僕はまるでとりあわなかった。静雄は僕の気をひくためにまだいい続けて、いいことがあるんだよ、叔母さんのところから汽車で二時間の街へ行くと、夏競馬をやっている、知らなかっただろう？　といった。競馬？　ああ、草競馬だけどね、と静雄は子供みたいに眼を輝かせた。いいかげんにしろよ、と僕はいった。第一、金はどうするんだ、汽車だって、ただで乗るわけにはいかないぞ。すると静雄がまた腹ちがいの兄貴のことをいいだしたので、また兄貴か、兄貴が僕らふたりに、旅費と一ヶ月泳いですごせる金、おまけに競馬の賭け金まで、にこにこ笑ってだしてくれると思っているのか、ひとりで行ってこい、と僕は怒鳴りそうになっていった。泳いでさっぱりしたくないのか？　したくないね、汗まみれでいたいよ、と僕はいった。汗まみれで街中ほっつき歩きたいのさ、泳いでさっぱりしたい奴は、海でもプールでも勝手にでかけて、皮膚がふやけるまでさっぱりし続けるがいいんだ。

結局、その夢のような話はそれでおしまいだった。あいつは二度とその話を持ちださなかった。実をいうと、今まで、叔母さんにだって会ったことがあるのかどうかあやしいものだ、と僕は思っていた。

バスででかけて、九時半に店に着いた。店長は、あの映画雑誌ならうちでも売っているはずだ、ここで買えば一割引きだし、店の売りあげも向上する、協力してくれないか、といっただけで、遅刻のことはいわなかった。彼は佐知子のことはおくびにもださなかった。そしてネクタイが曲っている、だらしない恰好はくれぐれもしないでくれ、と最後にいった。

僕の持ち場は婦人図書だった。昼は客のほとんどは主婦で、夕暮れには勤め帰りの女たちがやってきた。同僚たちは、女相手とはな、としょっちゅうひやかした。僕は親切な店員でもなかったが、格別無愛想でもなかった。

店はたてこまなかった。昼までぼんやり時間をすごした。客が、料理や刺繍や育児の本を買って隙間ができると、補充するためにストックのひきだしをのぞくらいだった。

隣りは専門書のコーナーだった。それぞれのコーナーは通路のようになっていて書棚で区切られ、僕のところから専門書のコーナーは見えなかった。そこの同僚は、私大の大学院に入るために、この店で三年も夜間だけのアルバイトを続けていた男だった。それから大学院はあきらめ、社員になったのだ。ときどき僕は彼から、ないほうがいいぐらいの野心や、望みが挫かれたことの愚痴をきかされたものだった。

昼近くなって彼が自分の持ち場から、コーヒーだ、と声をかけてきた。カバーを取った裸本を脇に挟んだ男が、専門書のコーナーをまわって婦人書の方に入ってきたところだった。客はぶらぶら書棚を眺めていた。落着きはらっていたが、万引きかどうかは僕らには見当がついた。コーヒーだ、と同僚がもう一度、繰返した。それは、あいつは万引きだ、という意味の店の隠語だった。

専門書のコーナーでは万引きがはやっていた。高価な本ばかりで、やり口は本の中身だけ抜いて、箱は書棚に立てかけたままにしておくのだ。それだと、たいてい、朝、整理をするまでわからなかった。朝、発見するたびに、同僚は始末書を書かされて僕らにぼやいたものだった。

僕は黙って男の客を見ていた。客はゆっくりこっちへ歩いてきた。身なりは悪くなかった。眼があうと、客は歩き続けながら、こっちをまっすぐためらわずに見てきた。すれ違うときも客は、おどおどもせずひるみもしなかった。しかし、すれ違う瞬間、コーヒーだ、と僕は確信した。僕は黙ってやりすごして婦人書コーナーの端まで行った。振り返ったとき、客は婦人書コーナーを曲って、二番レジへむかっているところだった。客のほうでも振り返って僕をまじまじと見た。専門書の同僚が僕のところへ走ってきた。怒りをにじませて、

「なぜ追わないんだ？」といった。

同僚は僕の返事を待たずに、客のあとを追って行った。あの客がレジを抜けたあと、同僚は追いかけて、呼びとめ、失礼ですが、とていねいにいって本のことをきくはずだ。

ちょうど交替で食事をしに行く時間だったので、僕は雑誌コーナーの同僚にあとを頼んで外へでた。店裏へ行って自転車を引っぱりだし、正午のまぶしい通りをゆっくりペダルを踏んだ。

マクドナルドでチーズ・バーガーを一個頼んだ。小銭がまだ少しあったので、オレンジ・ジュースも、といった。

窓ぎわのテーブルで通りを眺めながら齧りついていると、あの専門書の同僚が、信号を渡ってくるのが見えた。彼は通りで僕を見つけ、一瞬、ガラス越しに睨んだ。あきらかに僕を捜していたのだ。彼は店に入ってきて、眼の前に坐った。

「コーヒーと二度もいったのに、きこえなかったなんていわせないぞ。俺に悪意でもあるのか」

「つかまえたかい」と僕はそれには答えずにいった。

チーズ・バーガー一個では、僕の空腹は満たされそうにもなかった。胃につめこむさきから空腹が追いかけてきそうだった。

「狡がしこい奴だったよ。気づいて、本は児童書の棚に置きっぱなしででて行ったよ」

「そいつは残念だ」

「ただレジをでなかっただけだ」と同僚は、僕の言葉に反発の気持をこめていった。

そして、専門書の棚を確かめたらその本の箱はやっぱり空っぽだった。今までのコーヒーは全部あいつだったのだ、これで尻尾はつかまえた、いつかぎゅうといわせてやる、といった。

「気がもめるな」と僕はいってやった。

「なぜ見逃した？」

「見逃したわけじゃない。あんたが追いかけて行くと思ったまでさ」

「嘘をいう気か。店長に知れたらどうなると思っているんだ？」と同僚は窓からの光がまぶしいとでもいうように眼を細く鋭くさせて僕を見た。

「おまえってわからない男だな。なにを考えているんだ。俺がこのことを店長に話したらどうなる？」

「どうなるかな。話してみるといいさ」

彼はすると腹をたてて僕を見つめ、唇をふるわせた。なにか凄みのある言葉を捜しているように見えた。ひとりで食べたいんだ、むこうへ行ってくれ、と僕はいった。

「強がるんだな」と同僚はいって席をたった。

僕は、街路樹がうずくまるようなひとかたまりの影をおとしている通りを見た。彼はマクドナルドをでて街路樹のそばを通って行った。街路樹の影は濃く、青みがかっていた。夏でなければ影はそんなふうには見えなかった。

佐知子がマクドナルドに入ってきた。一度カウンターに歩きかけ、僕を見つけると手をふってきた。注文する前に僕のところへやってきて、あんた、あてにならないわね、約束を破るなんて誠実じゃないわ、といった。誠実か？　といって僕は思わず笑ってしまった。なにを笑うの、馬鹿みたい、と佐知子が僕の前に坐った。坐るとき、腰がくびれてしなうように動いたので、裸になったら黙ってしまうほどいい女だろう、と思った。

「ひとつしか食べないの？」と彼女がトレイを指さしていった。

「すかんぴんなんだ」

するとと佐知子が、若い身空で？　おかわいそうに、とふざけて笑った。

「待っていて、おごるわ、なにがいいの？」

「なんでもいいよ、腹に入りさえすれば」

彼女はカウンターまで行った。素足だった。サンダルをつっかけていて、くるぶしがつるつるして見えた。ハンバーガーを四個トレイにのせて運んできてくれたので、いくつ食べていいんだい？　と僕はきいた。いくつでもいいわよ、と佐知子はいった。それじゃ三個だ、といって、僕はすぐに食べはじめた。あまり僕ががつがつしているので、彼女はくすくす笑った。

「食えよ。うまいぜ」

「あたりまえよ。あんたにいわれなくたって食べるわ。どんな生活しているの？　そんなにがつがつして、あきれたものね」

「普通の生活さ。ごぞんじだろ？　本屋の店員だよ」僕はもう二つめを食べはじめた。

「悪ふざけばかりいうのね。なんで約束破ったの？」

「眠かったんだ。それで行けなかった。悪いことをしたよ」

「嘘つき」といったので、僕はきのうのことか、今のいいわけのことか、と思って彼女を見つめた。

「映画の約束、おぼえている？」

「ああ」

「なにに誘ってくれるの」

「安い映画館でなくちゃ駄目だ」と僕がいうと、そんなことわかっているわよ、と佐知子がいった。

「フェリーニの新作はどうだい？　パゾリーニでもいいよ」

「パゾリーニなんて退屈よ。それに変態だわ」

「でも、あいつの小説はおもしろいよ」

「あんた小説なんか読むの？」

「たまにはね。読んじゃいけないか」

「そんなこといってないわ。でも、小説じゃなくて映画の話よ」

「それじゃ、『フロント・ページ』にしようか。新聞記者の話さ。喜劇だよ」

「それなら、知っているわ。見たいと思っていたの。笑えなければつまらないわ。でも、ゆうべのこともあるから、映画の約束もあぶないものね」

「それならやめてもいいんだ」

「いいわ。もうゆうべのことはいわないわ」

プール帰りの少年たちが入ってきて、僕らの周囲に陣どって、わいわいやりはじめた。少年たちは自分たちのお喋りみたいに食慾旺盛だった。痩せて陽に焼け、虫のような眼をしていた。僕はふたつめを食べ終ると、ゆっくりとオレンジ・ジュースを飲んだ。佐知子はすべすべした両肘をテーブルにつけて、ハンバーガーを食べていた。唇が快活によく動いて、ときどき舌さきで唇をぬぐった。僕は彼女のそんな食べかたが気にいった。それに少年たちのなかにいると、ひときわ、きわだった。きれいだよ、と僕がいうと、唾液で光った舌をちょっとのぞかせて、おごったききめがあったわね、といたずらっぽい、心をそそるような眼をした。

「アラの店へ行って愉しかったかい？　何時までいたんだ？」

「愉しかったわ。あんたがいなくてよかったぐらいよ。アラがあんたのことをきいたわ。元気かって。だから、あんな奴、くたばればいいのよ、っていっておいたわ」

「いい考えだな。今まで思いつかなかったよ」

「それにあたしを海水浴へ誘ってくれたわ」

「夏になると、あの店の常連ででかけるんだ」

「あんたは？」

「行かない」

「行けばいいのに。そうすればあたしも行くわ」

「行かないんだ」と僕はいって、三つめをたいらげた。

「夜中の二時頃まで客がたてこんで、その頃には常連ばっかりだったわ」

「サッカーをしたかい」

「ええ、したわよ。みんな騒ぎまわるのが好きよ。それからまた飲んだの。あたしは三時に帰ったわ。誰かが送ってくれるといったけど、ひとりで帰りたい、といって断わったわ」

まだそんなお祭り騒ぎに熱をあげているんだな、と僕は思った。静雄も僕も夜中になると、アラの店にいる常連と、車道にでていってサッカーをしたものだった。サッカーといっても、敵も味方もゴールも、だからゴール・キーパーもないただの球けりだった。

しかし、夏になってからは、静雄も僕も一度も行っていなかった。

僕らはプール帰りの少年たちのあいだを抜けて通りにでた。そのとき、いおうか、いうまいかずっと躊躇していたことを口にした。金を貸してもらえないだろうか、と僕はいったのだ。

「図に乗らないで。恥ずかしくないの？」

そう答えられると、佐知子ならそんなふうにいいそうだと、最初から思っていたような気持になった。だから黙って、マクドナルドの前にとめておいた自転車を引っぱりだしにかかった。佐知子がそのとき、ズボンのポケットにすばやく手を入れてきたので、僕は驚いてふり返った。彼女はセカンド・バッグをとじたところだった。乗せて、といったので、ああ、といった。僕は、ポケットに佐知子がねじこんでくれた金のことは、いつ返すとも、ありがとうともいわなかった。

自転車をこぎだすと、佐知子は僕の腹に、ほてった腕をまわしてしがみつくようにした。僕はふざけて、ハンドルを左右にふって車体を揺らし、すると佐知子が小娘みたいな喜びの声をあげた。それから僕は、行くぞ、しっかりつかまっていろよ、と叫んで通りをジグザグにゆっくりゆっくり走った。後ろからくる車や対向車線の車が、クラクションを鳴らすたびに僕らは大声で笑った。通りを歩いている街の人間が何人も僕らを眺めて、あきれかえった顔をした。そんな連中に、佐知子はわざわざ手をふってみせたので、僕はうれしくなった。信用金庫の前のバス停にさしかかったときだった。

「お巡りさんよ」と佐知子がいった。

スーパー・マーケットの入口の人ごみを歩いてくる警官に僕は眼を走らせた。警官は僕らに気づかないようだった。そのときには僕はジグザグをやめ、道の中央を素知らぬ顔で走って行った。すれ違ってちょっとたってから、警官がやっと気づいてふり返り、人ごみのなかでなにか大声をあげた。佐知子が胸を背中に押しつけてくすくす笑い、乳房の動きが伝わってきた。追ってくるだろうと思いながら僕は速度を速め、しかし警官は人ごみのなかで、二人乗りはやめなさい、としきりに叫んでいるだけだった。一度ふり返ると警官は、陽ざしのなかに立ちどまって、じっと僕らに視線を注いでいた。

「手をふってやれよ」と僕は佐知子のあたたかい乳房を感じながらいった。

「なまけ者だわ、あのお巡りさん」と佐知子が陽気なはずんだ声でいってから、「ねえ、今夜、あんたのところへ遊びに行っていい？」といった。

「ああ、こいよ」と僕はいった。

一度アパートへ戻って、それからでなおしてくるというので、バス停にむかえに行くよ、と僕は約束した。

店で万引きをつかまえるたびに、僕らには千円ずつの賞金がでることになっていた。朝、そいつは整列した同僚たちの前に呼びだされ、店長のほめ言葉や上機嫌な笑顔と一緒に、その金を手渡されるのだった。僕らは拍手をし、彼は万引きを発見したときの状況を説明するのだった。それが終ると、ふたたび僕らの拍手だった。小学生がいつだったか、トランプを盗んでつかまったことがある。次の朝、僕らがそうして拍手したあと、母親が菓子折を持ってやってきた。母親は僕らが拍手し、子供をつかまえた奴が状況説明しているあいだ、僕らの背後で待っていたのだ。彼女は青ざめて、店長に何度も何度も頭をさげていた。店長は容赦せず、警察へ行ってください、といっただけだった。

店ではその日、あの専門書コーナーの同僚が、ずっと僕につきまとうような視線をよこし続けた。彼は押し黙って、僕に唾でも吐きたそうにしていた。終業時間がくるまでそんなふうだった。五時になって、僕は遅番の同僚たちに、さよなら、といって、タイム・カードを押しに店の奥へ行った。返品や在庫の書籍の山のあいだを通って、事務室へ入ると、タイム・カードを押した。僕が遅番にかわるのは夏が終ってからだった。

通りをぶらぶら歩き、市場で野菜とパンを買った。昼、マクドナルドの前で、佐知子がポケットに押しこんでくれた金で代金を払った。そのとき数えると、千円札が五枚あった。静雄とふたりで上手に使えば、五日間は持ちそうだった。マギー・メイでビールを飲もうと思ったが、あそこが居ごこちよくなるのは完全に夜になってからだった。それでナジャでローエンブロウを一本飲んだ。客が少なかったので、僕は銃の専門誌を丹念に読んだ。

それからまた、食料の入った紙袋を抱えて、通りをぶらぶらした。

アパートに戻ったのは、六時ちょっとすぎだった。静雄は留守で、母親への手紙も僕が残しておいた小銭もなくなっていた。部屋は閉めきってあったので、なかに入った途端、暑さと花の匂いが絡みついてきた。花はゆうべ、僕らが飾ったとおり、テーブルのうえで咲きみだれていた。まったく少女趣味だった。テーブルも台所もきれいに掃除してあったし、ベッドには、ベッドカバーまでかけてあったので、思わず僕は苦笑した。静雄のことだから、ベッドのマットレスや蒲団まで窓にほしたに違いない。

さっそく僕はトマトを水で洗って、なにもつけずに、台所で突ったったまま食べた。静雄のためにトマトを冷やしておこうと思って、残りは冷蔵庫に入れ、それからネクタイをはずして、ベッドで夕刊を読んだ。

約束の時間までそうしていて、七時になると佐知子をむかえに、バス停まで近道して行った。佐知子が、夕暮れのせまった灰色がかった道に、もう立っていた。まだ道には、日中のなごりのむっとする火照りが残っていて、アスファルトからたちのぼってきた。走りながら僕は佐知子、と大声で呼んだ。またすっぽかされるのかと思ったわ、あんたと約束するのはゆうべでこりごりだったはずなのに、と僕が近づくと佐知子がいった。咽元すぎればさ、それにきのうのことはいわない約束だろう、と僕はいい、バスはすぐにきたかい、ときいた。

「ええ、おかげで早く着きすぎたわ」

「その辺でビールを買って行こう、友達もきっと佐知子のことを歓迎する」と僕はいった。

「今、なんていったの？」

「友達だよ。そいつは今日、用事があって、外へでかけている。そのうち帰ってくるよ」

「あんた、友達と暮しているの？」と佐知子がびっくりして眼をみはった。

「ああ、静雄というんだ」

「あんたのことを考えるとおかしいわ」

僕は佐知子の腰に手をまわした。佐知子は厭がらなかった。なにがおかしい、と僕はいった。

「だって、あんたみたいな人には友達なんかいないと思っていたわ」

「ひとりかふたりならいるさ」

「あんたを見ていると、親だって元々いないように見えるわ。兄弟もね」

しかし、あたりまえの話だが、僕には父も母も妹もいた。それに妹の許嫁だ。義理の弟までそのうち僕にはできるわけだった。それに、彼らの生れてくる子供たちだ。

「変に思わないでよ。これはほめ言葉のつもりよ」

「それじゃ、ありがとう。そういったほうがいいんだな」と僕はいった。そして、僕には佐知子もそんなふうに見えることがある、卓球場の前で会ったときなんかはね、といった。

するとと佐知子は立ちどまって、急に生真面目な顔になった。軽蔑しているのね、店長といたからでしょう、といった。

「違うよ。誤解だ。店長のことは関係ない」

「違わないわ。安っぽい女に見ているのよ、あんたは」

「安っぽくたって、お高くたって、構わないよ。どっちだってたいした違いはない」

「あんたは最低よ」

「いいさ、それで」

僕は腹をたてた。腰にまわしていた手を離すと黙って彼女の肩を抱きよせた。抵抗したので僕は力をこめて彼女の身体をひきよせ、顔を近づけた。佐知子も腹をたてて、身をもがきながら、へし折る気？　と声を荒くさせた。僕は唇を触れあわせた。あたたかい唾液が僕の舌さきを包んだ。彼女はまだじたばたしした。皮膚が石鹼の匂いをたてていた。唇を離すと、乱暴にしないでよ、といった。僕らはもう一度道端でキスした。それから、あんたたちのアパートに連れて行って、と僕を見あげて、なんだか、動物のような生ぐさい眼をした。

僕らはあの車気違いの大家が経営している酒屋で、ビールを半ダース買った。それにジンをひと瓶追加した。おかみさんに代金を払おうとすると、佐知子が、あたしがだすわ、といった。

「いいよ。金を借りたばっかりで、そこまでできない」と僕はいった。

おかみさんは、おどおどして立っていた。また昼にでも殴られたのかもしれなかった。代金を払って外へでたとき、佐知子がおかみさんのことをいった。なぜあんなにおどおどしているの？　あたしたちが変に見えたかしら？　と佐知子はいった。

「いつもああなんだ」

僕らは並んで階段をのぼった。のぼりながら、亭主のことを話してやった。

「結婚してから殴られっぱなしで、いつもあんなふうにびくびくしているの？　疲れきった顔をしていたわね。それなら結婚しないほうがいいわ」

「そうだな」と僕は笑った。

「あたりまえよ。そうでなければ意味はないわ。不幸になりたい人は別よ」

ますます愉快になって僕は笑い、部屋の鍵をあけた。明りをつけた。佐知子は部屋に入ってくるなり、あれはなによ、といって僕らのベッドを指さした。

「見ればわかるだろ？　ベッドだよ」と僕はいった。

「でも二段ベッドじゃない。あんなので寝起きしているの？」

「そうだよ。友達が僕と暮しはじめたときに、買おうといいだしたんだ。使ってみると便利だよ」

船乗りにでもなったような気がしない？　と佐知子は上機嫌でベッドの下の段に腰かけた。そして、テーブルのうえのポットを見つけて、吹きだしてしまった。

「すごい花じゃないの。こんなに花を飾って、どうするの？　あんたたちはなんて生活をしているの、お金もないくせに」

「買ったんじゃないんだ」僕はビールの栓を抜いて、そこで飲むかい？　ときいた。

「ここがいいわ。買ったんじゃなければどうしたの？」

神様が僕たち貧しい若者にくれたのさ、と僕はいって、テーブルをベッドの脇まで引きずって行った。

「馬鹿馬鹿しいわ。どうせそのへんで盗んだんでしょう」

「よくわかるな」僕はビールを注いでやっていった。並んで腰かけて、乾杯した。佐知子がこれっぽっちも媚を売りそうになかったので、この女と寝ても不愉快にならないだろうと僕は思った。そう思うとうずうずした。佐知子の首すじに、汗がにじんでいた。僕は彼女を抱きしめた。あんた、せっかちよ、と佐知子がくすぐったがった。電気を消そう、と僕はいった。消さなくったっていいわ、明るいほうが好きなの、窓もあけておいてよ、と佐知子はいった。

僕らは裸になるとベッドに入った。二段ベッドでセックスするなんてはじめてよ、と佐知子が無邪気にいった。いい経験だろ、と僕はいった。佐知子の裸はマクドナルドで感じたとおりだったので、僕は満足した。ペニスがあたたかく湿ってなめらかになった女の身体に入って行く瞬間が僕は好きだった。佐知子がすぐに、しめ殺されかけている鶏のような声をあげた。それがずっと続いたので、僕はこの女を本当にしめ殺そうとしている男のような気がしたほどだ。ドアがあく気配がした。それが静雄だとわかっても、僕はあわてなかった。あいつは入口に突ったって、びっくりしたような顔をして僕らを見ていたが、すぐに事を察して黙ってでて行ってしまった。その最中も僕らはセックスを続けていた。終ったあとで佐知子が、息をはずませながら、さっきあんたの友達がきたでしょう、といったので、なんだ知っていたのか、と僕はいった。

「悪いことをしたわね」

「仕方がないさ。ふたりで暮しているんだ」と僕はいった。「トマトがあるけど食べるかい」

「まるごとちょうだい。切ったトマトを食べるのは好きじゃないの」と佐知子が真面目くさっていうので笑ってしまった。

「なぜ笑うの？」

「切っても切らなくてもトマトはトマトじゃないか」

「そりゃそうだけど、きらいなものはきらいなのよ」

まる裸で冷蔵庫まで行って、僕はトマトを持ってきた。あんたすごい汗よ、と戻ってきた僕を、ベッドに寝そべって眺めながら佐知子がいった。

「佐知子だってたいへんなもんだよ。背中や尻なんか汗でぴかぴか光っている」と僕はいってベッドのへりに坐った。ほら、といってトマトの入った皿を彼女の顔のところに置いた。

「二段ベッドでセックスするなんて本当におかしいわ」佐知子はあおむけになってい

って、トマトを食べた。僕もひとつ食べた。それから僕らは静雄が帰ってくる前に、急いで身づくろいした。僕はズボンだけはくと、またトマトを食べながらビールを飲んだ。

二段ベッドや花の他にももっと彼女を笑わせることがあった。部屋へ帰ってきたときもテーブルを移動したときも僕は気づかなかったが、朝、静雄が残していった書きおきがあったからだ。それはちょうどベッドの下にあって、佐知子が見つけるとかがんでひろった。

「切手代、置いていってくれないかな。今度の泊りの日はいつだい？　水曜日さ」と彼女が声にだして読んだ。「水曜日さ、というのはあんたの返信？」

「ああ、そうだよ」

「本当にどうかしているわね、あんたたちって。あやしいわ」

「ホモ・セクシャルなんだ」と僕はトマトにかじりつきながらいった。

「毎晩愛しあっているの？」と佐知子がふざけた。

「朝もときどき愛しあうよ」

「いいわね」

「うらやましいだろ？」と僕はいった。

窓から昆虫が飛びこんできて、佐知子の髪にまとわりついた。彼女が悲鳴をあげたので僕はつい吹きだして、手で叩きおとした。足の親指ほどもあるカナブンだった。なによこれきたならしい、と佐知子がいった。ただのカナブンじゃないか、青い顔をしているぞ、と僕はからかって、床を逃げまどっているカナブンをつまみあげた。それは指のあいだで、必死にもがいて、皮膚に爪をたててきた。僕は窓のところへ行って、夏になると前の畑でいっぱいわくんだ、カマキリやバッタも飛んでくる、ここにいれば昆虫採集にはこと欠かないよ、と佐知子にいった。殺すの？　と佐知子がきいた。そんなことするもんか、全部逃がしてやるんだ、と僕はいった。彼女はテーブルのところから僕を見て、あんたは心の優しいカンダタよ、地獄におちてもオシャカ様が助けてくれるわ、といった。僕はふり返って、カンダタか、変な話を知っているんだな、といってカナブンを夜のなかに放ってやった。

「だって小学校の教科書で習ったわ、あんたは習わなかった？」

「忘れたよ。でも、それならカンダタは僕じゃなくて友達のほうだ」

ちょうどそのときに静雄が入ってきて、やあ、といった。

「今晩は」と佐知子がいった。

「静雄だよ」と僕は紹介した。

「佐知子よ。よろしく」

「なんの話をしていたんだい？」と静雄がテーブルのところへきて、僕にきいた。

「オシャカ様の話よ。カンダタの話は知ってる？」

「蜘蛛を助けてやった男の話だろ？　地獄の水底におちてから、オシャカ様が、それに免じて蜘蛛の糸をたらして助けてやろう、という奴だ。それがどうした？」

「おまえがカンダタだという話さ。ビールを飲むか」と僕はいった。

「ジンのほうがいいな」

　氷をとりに僕は冷蔵庫のところへ行った。でもなんの話だい？　チンプンカンプンだよ、それじゃ僕は地獄におちなくちゃならないのか、と静雄が、わざわざ僕にきいた。僕は、さっき僕らがベッドにいたことを静雄がすこし気にしているんだ、それで佐知子にでなく僕に話しかけている、と思った。

「そうだ。虫も殺さない奴なんか」と僕はいった。フリーザーから氷をだしてくると、佐知子が、グラスにジンを注いでやった。ありがとう、と静雄がいった。僕は佐知子に、こいつと暮すようになってからなんだ、僕が虫を逃がしてやるようになったのは、と話した。僕らはもう一度乾杯した。それじゃやっぱり、静雄のほうがカンダタね、と佐知子が気楽にいった。

「なんだっていいけど、僕はあの話はきらいだな。子供のとき、よくお袋に聞かされたものさ。そのたびにぞっとしたよ」

そして静雄は、オシャカ様は無慈悲で残酷だと子供心にも思った、佐知子は思わないか、ときいた。

「どうして？　あんたって変な人ね」と佐知子はおもしろがっていい、すると静雄が、「だって考えてもみなよ。水の底で死んで苦しんでいる人間に、蜘蛛の糸をたらして助けてやるなんて最低だ、最低の考え方だよ、地獄におちた奴にチャンスなんかいらない、僕ならほしくないね」といった。

佐知子も僕も大笑いして、賛成だ、そのとおりだ、といった。

「こんなこと考える人は好きよ」と佐知子が僕にいい、それから静雄に、「ところであなたは何座なの？」ときいた。

「牡牛座だよ」

「本当なの、がっかりだわ。牡牛座の人とはあたしは相性があわないことになっているの」

「がっかりすることはないよ。僕は他人とならだれとでも仲良くできる。肉親以外ならね。相性なんか関係ないよ」

「それならあたしもよ。そういういい方ならね」と佐知子がちょっと挑発的な感じでいった。

「そうかい」と静雄はなんだか、そっぽでもむきそうだった。

「この人、ひねくれているわ」

「腹がすいているんだよ。トマトを食えよ。トマトしかないんだ」と僕はいった。

「腹なんかすいちゃいないよ。ジンだけで充分さ。裸になっていいかい。少し暑いよ」

静雄はズボンだけの恰好になった。僕はセックスを終えたあとずっと上半身裸だった。それでも胸に汗が浮んでいた。

「テーブルをベッドのそばに移すのはいい考えだね。朝起きたら、ここでコーヒーが飲めるよ。もっとも僕は上の段だから駄目だけどね」と静雄がいった。

「この二段ベッドを買うといいだしたのはあなたなんですって」

「静雄と呼べよ。牡牛座の人間とうまくやりたいだろ」

「そうね、そうするわ。静雄、あなたと仲良くできそうよ」

「僕もだよ。ところで、どこで知りあったんだい？」

「同じ店で働いているの。口をききはじめたのは昨日からよ」

「こいつはね、交際範囲が狭いんだよ」と静雄は僕を指さしてからかった。静雄はジンをがぶ飲みしていた。もっとピッチをさげなさいよ、と佐知子が心配しても、いいんだよ、飲みたいときは飲むのさ、と静雄はいった。

佐知子と僕とでビールを半ダース飲んでしまうと、彼女はもういらない、といった。僕はジンをちびちびやった。静雄は今夜は饒舌だった。僕の眼からは、やっぱりさっきの光景を目撃したのを気にかけているからだ、と思えたし、それに、沈黙をおそれているような気がした。変ないい方だが、少しでも沈黙が僕らのあいだにやってくると、空気がまるで、乾燥した土地のようにヒビ割れして、ぎしぎしと軋むのを敏感におそれているみたいだった。しかし、ジンが僕らをしたたか酔わせると、もうそんな空気はなくなった。静雄は、春にはこの通りのむこうは麦畑だった、と佐知子に話した。

「それが六月の終り近くになっても刈りとらない。ふたりで朝、窓から麦畑を見るたびに、やきもきして、ずいぶん気をもんだものさ。麦畑一面に鳥よけの網が張りめぐらしてあって、それが二階の窓から見ると、風の吹く方向に金色に細かく波うって光を反射させるんだ。僕はそれを眺めるのが好きだった。おまえはどうだった?」と静雄がいった。

「あれはよかったな」と僕はいった。「その畑は若夫婦がやっているんだ。あんまり麦畑が放っておかれるもので、その若夫婦が病気で仲良く寝こんでいるんじゃないかって、ふたりでいいあったものさ」

「でも、夏になってつまらない」と静雄はいった。

「なぜ？　あたしはこの季節が一番好きよ」

「競馬場に行けなくなるからさ」と僕は茶化した。

「競馬って、あれは一年中やっているものじゃないの？」

「夏は地方をまわるんだ」と静雄はいった。

「夏のあいだは他のことで愉しまなければならないのさ」と僕はいった。

「でも夏なんて待っていればすぐに終るわ。ゆうべだって神様がでたのでしょう？」

「なんの話だい？　競馬の話じゃないのかい」と静雄はいった。

「この花のことよ。すごいじゃないの。この人が、あたしにゆうべ神様が花をくれたのだ、といったわ。夏だっていいことがあるじゃないの。でも、本当のことをいったらどこで盗んだの？」

「駅に大きなレコード・ショップがあるだろ。そのちょっと手前に、開店祝いの店があって、真夜中に花籠をだしっぱなしにしていたのさ」

「真夜中？」

「ああ、きのうの夜オールナイトの映画をふたりで見に行って、その帰りなんだ」と静雄がいった。

「それじゃ、ゆうべあんたはあたしとの約束をすっぽかして、花を盗んでいたのね」と佐知子が僕にいった。

「眠ってしまったのは本当さ。約束を忘れたわけじゃない」と僕はいった。

「なんの約束だい？」と静雄がきいた。

「アラの店で九時半にあう約束だったのよ」

「いいかげんな奴なんだ、こいつは」

「そうなんだ。嘘をつくのは僕の特技さ」と僕は陽気な気分でいった。

「あんたとはもう約束しないわ。それに映画の約束もお断わりよ」

「それなら、僕と行こう」と静雄がいった。

「連れて行ってくれる、静雄？　あんたとなら行くわ」

「今週中にも行こう。それから夏が終ったら競馬にも行こうか」

「いいわね。でも、こわい人がいっぱいいるんじゃないの」

「大丈夫さ。僕たちがいる。競馬で大儲けして、その金を使い果すまで遊ぶんだよ」

佐知子が、絶対行くわ、とはしゃいだので、それなら間違いなく大儲けしよう、と静雄も笑っていった。佐知子が競馬のことをいろいろききたがったので、僕らはそれから競馬の話をした。僕ら三人が、夏が終ってもこんなふうで、週末に混雑した競馬場のなかを歩いている光景を思うと、それだけで気持が良かった。あれこれ予想をねり、ゲートがひらくと観覧席から身を乗りだして、声をからし、彼らが肩入れした馬を声援する。最後のコーナーをまがり、直線にさしかかると、行け、行け、と僕らは叫ぶ。そうでなければすでに結果の見えてしまったレースにがっかりして溜息をつく。馬たちは走り、ゴールを突っきる。僕らの周囲でおこるどよめき。ラジオの実況中継に熱心に聞き入る男。二—四だ、二—四だ、と叫んで喜ぶ男たち。騎手を罵る声。オッズ板に配当金がでるとふたたび、どっとわきあがるどよめき。混雑する配当金支払所。ベンチに坐っている老人夫婦。あちこちに舞い、踏みにじられる馬券や予想紙。陽焼けした目つきの鋭い男たち。僕ら三人は肩を並べ、そんな光景のなかを歩きまわるのだ。

十一時までに静雄と僕とでジンを一本ほとんど飲んでしまった。静雄がほとんど飲んだ。

十一時半になったとき、佐知子は、もう遅いから帰るわ、といいだした。シンデレラは十二時ときまっている、まだ三〇分あるじゃないか、と静雄はろれつのまわらない声でひきとめた。あいつはもうぐでんぐでんで、それでもまだ残りのジンを飲みほす気でいた。

「静雄、あんたいい人ね。そんなに飲まないで」と佐知子は立ちあがっていった。

「十二時前に帰っちゃいけないよ」

「あんたの時計が狂っているのよ、静雄」

「僕は静雄じゃないぜ、カンダタさ」

「そんなことを自分でいうと、鼻持ちならない男になるわよ。あんたがカンダタなのは知っているわ。おやすみ。今度、花を盗みに連れて行って」

「これから行こう」

「本当におまえの時計は狂っているんだよ。彼女は帰らなくちゃならないんだ」

僕はそういって、ベッドに引っ張って行こうとした。するとあいつは途中で咽をごぼごぼいわせ、頰をふくらませて吐きそうにした。両手で静雄は口を押え、吐くまいとし、僕は急いで台所に連れて行った。流しの前まで静雄は我慢した。静雄が背中や脇腹の筋肉を固くさせて吐き続けるあいだ、僕は水を流しそれを両手ですくって頭にかけてやった。静雄はうめいて、ちくしょう、ちくしょう、と喚いた。なにがちくしょうだ、何時だと思っているんだ、静かにしろ、と僕は首ねっこをつかまえていうと、蛇口の下にあいつの頭を突っこみ、髪に指を入れてごしごし濡らしてやった。佐知子がそばでおろおろしていた。タオルを取ってくれるように僕は彼女に頼んだ。離してくれ、離せよ、と静雄は水につけられて、子供のように他愛ない声をだした。酔っぱらい、と僕はいった。殺してやる、と静雄は僕の腕をふりほどこうとして暴れた。佐知子が乾いたタオルを渡してくれたので、僕はぐったりした静雄を起こして、頭や肩の水を拭ってやった。大丈夫？　と佐知子が僕の肩越しに、静雄の血の気のひいた顔、涙を滲ませた閉じた目蓋をのぞいていった。自業自得だ、調子づいて飲むからだ、と僕はいって静雄をベッドに連れて行った。あいつはおとなしく従順になって僕に身をあずけていた。

すっかり酔っ払ってぐにゃぐにゃになった身体で梯子をのぼらせることはできなかった。それで仕方なく僕のベッドに押しこんだ。それからズボンのすそを引っ張って脱がせた。背中をまるめ、枕に顔を押しつけながら静雄は、佐知子、もう一度お休みをいってくれないか、と甘えきった声をだした。僕はそんな静雄にちょっとおどろかされた。佐知子はわざわざベッドまできて屈みこむと、おやすみなさいカンダタ、といって濡れて張りついている髪に触ってやった。蜘蛛の糸が見えるよ、と静雄は閉じた目蓋に皺をよせていった。僕は立ってふたりを見ていた。酔っぱらったぐらいで深刻にならないでよ、あんたいやらしいわよ、と佐知子は穏やかにいった。蜘蛛の糸がなんだっていうの、もっといい夢を見るのよ、明日、また会いましょう、と佐知子はささやくような声でいった。そういったときには、あいつはもうすやすや寝息をたてて眠りこけてしまったので、佐知子は僕の顔を見て、あきれたわ、という顔を作ってみせた。

「子供ね」

「困った奴だな。ほうっておけばいいんだ。佐知子、送って行くよ」

「ええ、そうして。あたしも眠くなったわ」

「送りオオカミになるかもしれないぞ」

「馬鹿ね。あんたもうオオカミになったじゃない」

佐知子がそういったので、僕はベッドでのことを思いだして、もう一度彼女を抱きたくなった。酔いつぶれた静雄を置いて外へでたとき、僕は彼女にキスしようとした。またオオカミになる気？　駄目よ、ときっぱりした口調で佐知子が拒んだ。僕らはバス通りを駅のほうへ歩いた。

「静雄は飲みだすといつもああなの？」

「今夜はどうかしているんだよ」

僕は彼女の心の動きを感じた。それでさりげない口調になるように努めた。酔いつぶれて醜態を見せた静雄のことを、そしてあいつが喋ったことや、あいつが見せた子供っぽい態度のことを佐知子は考えているのだ、と思った。僕も静雄のことを思った。あいつはたった今、僕らの汗の匂いや、ぬくみのしみこんだベッドに転がっているのだ。するとなんだか僕らは言葉少なになった。

駅まででると、ここからタクシーで行くからもういいわ、ありがとう、と佐知子はいった。最後まで送って行くよ、と僕は強引にいった。佐知子のアパートは国立の商業大学の敷地が跡切れたところにあった。そこまで十分かそこらで、街の人間が大学通りと呼んでいる広々したイチョウ並木のそばを歩いた。昨夜、僕らが行ったオデオン座は、大学通りの一本東側に入った道にあるのだった。夜、街路樹が急にいきいきと活気をとり戻してみえる夏の夜は僕はたまらなく好きだった。彼女の二階建てのアパートの前でわかれるとき、佐知子が、愉しかったわ、今夜みたいな日がなければ息がつまるわ、といった。ベッドのなかが一番愉しかったよ、と僕がいうと、彼女は階段の下の暗がりでくすくす笑った。僕は抱きしめて彼女にキスしたが、今度は黙って身をまかせていた。静雄と映画へ行くわよ、といったので、ああ、そうしろよ、と僕は頷いた。そして彼女の耳朶を軽く嚙んでやった。少し息をあらげて僕を見、おやすみ、といったので、おやすみ、と僕もいった。ふり返って歩きかけると、階段をのぼって行く、こん、こん、こん、という音がよく響いてきこえた。

同じ道を歩いてアパートに戻ると、静雄は背中をまるめて寝ていた。僕はテーブルをかたづけてから眠ることにした。ビールとジンの空瓶が床に転がっていた。空瓶をかきあつめて両腕でかかえて台所へ行くと、さっき静雄が吐いた吐瀉物の匂いが残っていて、胸がむかついた。静雄が唸り声をあげた。台所からベッドに戻ると、静雄は苦しそうに顔をしかめて何度も寝返りをうち、胸に大つぶの汗を浮べていた。おい、と僕はいって静雄の頰をぴしゃぴしゃやった。静雄は血管が糸ミミズみたいに絡って浮きでている眼をひらいた。佐知子のことをきいたので、今、送ってきたところだ、と僕はいった。いい子じゃないか、とあいつはなんだかうつろな眼でのろのろいった。ああ、おまえもそう思うか、と僕はいって、ドンブリになみなみと水を汲んできてやった。静雄はそれがまるで咽だけの乾きじゃない、とでもいうように息もつかずに飲んだ。

「あわてるなよ」と僕はベッドの縁に坐っていった。

水を飲み終えると静雄は、しっ、なにかきこえないか、といった。えっ、といって僕が耳を澄ました瞬間、静雄は、大きなおならをした。

「この野郎、さんざん手を焼かせやがったくせに」と僕は静雄の髪を引っぱった。そして、ポケットから皺だらけの千円札を三枚だした。

「おまえが二枚だ。僕は店へ行けば昼めしぐらいなんとかなる」

「給料の前借りをしたのか」と静雄はベッドで寝そべったままでいった。

「そうだ。ズボンのポケットに入れておくからな」と僕はいったが、この金を使い果したら、本当に給料の前借りをしよう、と思っていた。

「僕も佐知子みたいな恋人がほしいな」

「おまえには無理だよ、カンダタ」と僕はひやかした。静雄はあいつらしく照れて、彼女はあきれていたろう、といった。

「子供だとさ。でもおまえと映画に行っていいか、と僕にきいたぞ」

「本当か。なんて答えた」

「勝手にしろ、といったよ」

「おまえはそんなことはいわない」と静雄がいった。

「どうしてわかるんだ」

「わかるよ。おまえはそんなことはいわない」

「ウォルター・マッソーを見に行けよ」

「喜劇が好きなのか？」

　僕は服を脱いでパンツだけの恰好になると、俺たちだって、死にそうな顔をして深刻ぶっているローレンス・オリビエより、間抜けづらのウォルター・マッソーのほうがいいだろう、といってベッドの梯子をのぼった。


　翌日、仕事場へ行くと、二番レジから佐知子がやってきて、静雄はゆうべどんなだった？　と心配そうにきいた。ベッドでおならばかりしていたよ、きっと佐知子のいるあいだは我慢していたんだ、と僕はいった。馬鹿ね、と佐知子は安心して笑顔になった。

「あんたたちとつきあっていたらあきないわ。それから、これ」といって、千円札を何枚か畳んだのをだした。

「あのあと、あんたにもっと貸すんだったと思ったわ」

「ありがとう。給料日に返すよ」僕は素直な気持になって受けとった。彼女が僕だけでなく、静雄の分も含めて金を貸すことを申しでたのがわかったからだ。

「今日、仕事が終ったら、マギー・メイですこし飲まないか。静雄も一緒だ」

「行きたいけど、今日は姉さんのところに用事があるの。姉さん夫婦がでかけるので、臨時のベビー・シッターよ。でも、二、三時間あとなら行けると思うわ」

「それなら静雄とふたりで暇つぶしをしているよ」

「それじゃあ、行くわ。待っていて」

「ああ」と僕はいった。

佐知子が二番レジに行ってしまうと、僕は書棚の整理をして開店にそなえた。本を書棚につめるときには、客が引き抜きやすいように、ゆるくつめなければならなかった。それから細々した注意が必要だった。やはり客が引き抜きやすいように、書棚の上の段の本は一センチほど前にだしておく。客が迷って、どの本のほうがいいかときかれたら、こちらは迷わずに、この育児書のほうが売れておりますよ、という。その場合は値段も内容もまるで関係なかった。それで客が買いさえすればいいのだ。学習参考書のコーナーや婦人書にはとくにそれが必要だった。店長はときどき口をすっぱくして、その種の商売のコツを注意した。

あの専門書のコーナーの同僚はあれ以来、僕に口をきこうとしなかった。かえって僕はそのほうがよかった。

五時に店をでて、オデオン座のほうへ歩いて行くと、静雄とばったりでくわした。

僕らはマギー・メイに行く前に、オデオン座が劇場の脇で経営しているソーダ・ファンテインで待ちあわせることにしていた。そこだと、とても愉快なことにコーヒー一杯で、サービスにテーブルに置いてあるジャガイモをたらふく食べることができたからだ。なぜジャガイモなのかわからなかったが、とにかく、それはガラスの器に山盛りになっていた。それを全部たいらげるのは、僕や静雄ぐらいなものだったろう。節約しなければならないときは、僕らはよくそこで、ジャガイモで腹ごしらえをするのだ。

静雄は、どうせならソーダ・ファンテインで待つより、おまえの店から三人ででかけたほうがいいと思って、といった。そして、佐知子は誘わなかったのか、ときくので、あとでマギー・メイにくるそうだよ、なんでも姉さんのところでベビー・シッターをしなければならないそうなんだ、と僕は答えた。

静雄はまわれ右して、ふたりでオデオン座のほうへ歩いた。静雄はアーモンドを食べないか、といって、駅の売店で売っている安ものの袋入りアーモンドをポケットからだしてよこした。それは湿っていて香ばしさなどまるでなかった。僕らはアーモンドをぽりぽりやりながら通りを歩いた。小雨がぱらついてきたので、車を避け避け大急ぎでバス通りを横ぎって商店街の軒下を選んで歩いた。ついていないな、と静雄はいった。家具屋や薬局や花屋を何軒もすぎて、オデオン座の前にでた。

僕らは小雨のなかに立ちどまって、今週のライン・アップを眺めた。ふたりとも前に別々に見たことのある映画だった。静雄はK市のアパートで暮していたときに、その街で見た、その劇場は今倉庫になっているよ、といった。僕が他の街で見たのもその頃だった。

「母親とまだ僕がふたりでアパートにいた頃に見た。それからしばらくたって、母親は叔母のところへ行ったんだ」と静雄はオデオン座の隣りのソーダ・ファンテインに入ったときにいった。

僕らはコーヒーを頼んで、すぐにガラスの器からジャガイモを取りだして食べはじめた。皮が薄くてむくのに手を焼いたが、僕らのテーブルにあったぶんは、五、六分でたいらげてしまった。それで静雄は隣りの空のテーブルから、ジャガイモの入った器を持ってきた。カウンターにいたウェイトレスが変な顔で見たが、他人から顰蹙をかうのは静雄も僕も平気だった。

静雄が母親をすてた、というのはおおげさだが、ある日一方的に別々に暮すことにきめて、母親には何も知らせずにそのアパートをでた、という話は僕も知っていた。何ヶ月かたって、母親は叔母のところへ行ってしまった。その話をきいたとき、よっぽど僕は、なぜそんなことになったのか、詮索好きな男みたいにたずねようとしたことがある。でも結局、僕はなにもきかなかったし、静雄もお袋は身体が弱っている、といっただけでそれ以上はいわなかった。

今思いだすとあいつの母親が叔母のところで世話になりはじめた頃に、僕らは知りあったのだ。そのときは真夏だった。そのとき、本屋に勤める前に僕は二年間、アイスクリーム会社の冷凍倉庫で働いていた。そのとき、スポーツ新聞の求人広告を見てやってきたのが静雄だった。スポーツ新聞の求人広告でやってくる奴にはろくなのがいなかった。パチンコ屋や土方やウェイターなどの職を渡ってきた奴が多かった。静雄がきたときも、冷凍倉庫の同僚はそんな話をして、静雄のことを陰であれこれ噂した。僕は静雄に興味も反感も持っていなかった。静雄もあまり口をききたがらないふうだった。冷凍倉庫のなかはマイナス三〇度だった。外へでるとプラス三〇度あった。僕らは都合、六〇度の温度差のなかで夏をすごしたのだ。

防寒服に身を固めて、倉庫に閉じこもって荷をかついでいると、視界いっぱいに霜は降りそそぎ、蛍光灯の下でそれは、こなごなに砕かれた虹色の貝殻のように輝いた。静雄がどうだったかは知らない。だが霜が音を吸いこんで、通りや街路樹や子供たちの声や空や太陽を完全に遮断する、あのひややかな密閉された倉庫は僕の性分にあっていた。

そこで働いているあいだ、暇になると道端へでて行って、静雄とドライアイスを使ってキャッチボールばかりしていた。午後には、配達から帰ってきた運転手たちがくわわることもあった。そんなときは道を占領して、大声で騒いだ。ドライアイスを僕らは素手でつかんだものだが、それを長く持つことはできなかった。油断すると皮膚にはりつき、火傷するからだった。静雄とはドライアイスのキャッチボールはひと夏続けたことになるわけだ。あれは、ただ肉体が疲労困憊するだけのいい夏だった。よく眠れたし、きっと僕らの身体はそのうち空気だけでできあがるようになるだろう、といいあったものだ。

ある日僕らがそうやって道で騒いでいたときに、静雄がだしぬけに僕に、冷凍倉庫に入るときの恰好ときたら、贋もののエスキモーのようだ、といった。贋エスキモーか、と思わず僕は笑っていった。そのときに、僕はあいつが好きになった。

実際、うまいたとえだった。毛糸のカーディガンやら厚地の冬物の服を着、そのうえにキルティングの糸のほつれた防寒服をまとう。軍手をし、耳までかくす帽子をかぶる。そんななりでも、倉庫では二〇分ともたなかった。髪やまつ毛は霜でまたたくまに氷りつく。毛穴は寒さで縮む。それに、二〇センチの鉄の扉で密閉された倉庫では、僕は無口になった。荷をかつぐとき、かけ声さえあげない。昼がかじかんでこわばる。そのなかで二〇分すごすと、外へでていっても、しばらくは暑さを感じないほどだった。そこで僕らは、防寒服のまま大急ぎで、通りの強い陽ざしのなかに立って、皮膚がぬくもるのを待つのだった。

その夏が終ったときに僕は、共同生活をしないか、とあいつに持ちかけた。静雄はふたつ返事で承知した。すぐに静雄は、今の僕らの部屋に引っ越してきたが、持ちものといったら、レコードが何枚かと蒲団だけだった。僕はあのときにはあきれてしまった。そのレコードは全部ビートルズのレコードで、それは静雄が失業してから、古レコード屋に二足三文で売り払ってしまった。

その金で僕らは、サーカスとタイアップして興行していた前衛芝居を見に行った。劇団の名前は忘れた。だが、地方の若い連中を頼りに巡業して歩く、アンダー・グラウンドの劇団だというのは僕らも知っていた。それが東京へ帰ってきたわけだった。綱渡りやオートバイの曲乗りや空中ブランコのあとで、その劇団は悪のりしたゴダールふうな芝居をやったので、僕らはひさしぶりにさんざん笑った。静雄は、ひどいナンセンスだ、といったが充分愉しんでいた。その夜は要するに、僕らはサーカスとアンダー・グラウンドの芝居を、両方いっぺんに満喫できたわけだ。これもビートルズのおかげだな、と僕は帰り道でいった。さよならビートルズだよ、と静雄はきどっていった。

しかし僕は、静雄と暮しはじめてからも、しばらくのあいだ、あいつのことは何も知らなかった。知りたいとも思っていなかった。ビートルズのレコードが七、八枚。それで充分だった。そうじゃないか？　引っ越してきた日、静雄はレコードを僕に見せ、財産はこれだけだ、といい、アンプもプレーヤーも部屋にないのを知って、くやしそうに舌を鳴らしたものだった。僕らはあのとき焼酎で乾杯した。あいつはプレーヤーがありませんので僕が唄います、とふざけて、「アンド・ユア・バード・キャン・シング」を僕のために唄ってくれた。


静雄と僕は、ソーダ・ファンテインで、遠慮なくジャガイモをふた皿分食べ、七時少し前にマギー・メイにでかけた。まだ小雨が降っていて、濡れて輝いた夜の通りに眼をやって静雄は舌うちした。途中、僕らは濡れるほかなかった。

マギー・メイは地下も数えて四階建てだった。各階は狭くて、ボックスが四つ入ればぎりぎりだった。簡素で清潔だったし、四階建てなのも、僕らは気に入っていた。

佐知子がもうきているかもしれないと思ったので、地下から順に覗いて行ったが、彼女は見当らなかった。それで静雄と僕は、四階の階段のそばのボックスに陣どって、黒ビールを飲んで待つことにした。そのときになって、佐知子が来ないうちにと、僕は、朝、店で彼女が貸してくれた金を山わけして静雄に渡そうとした。すると静雄は、きのうおまえがくれた分がまだ少し残っているからいい、と頑固にいい張った。

「そんなことをいうな。とっておけよ」と僕はいった。

「わかった。貰うよ。でも、どこで都合をつけたんだい。また給料の前借りをしたのか。よく二度も貸してくれるな」

「違うんだ。佐知子が貸してくれたんだよ」と僕は正直にいった。

「佐知子が？」

「ああ、彼女が気をまわしてくれたのさ」

「そうか。悪いな。そろそろ働くよ」と静雄がいったので、その気になりさえすればいつでも仕事にありつける、気にするな、と僕はいった。

黒ビールをちょうど一本ずつ飲み終えたときに、佐知子がやってきた。息をきらせて、肩を激しく動かして階段をのぼってきたので、僕は笑って、こんな階段でそんなに息がきれるなんて少々運動不足じゃないか、ジョギングにでもせいをだしたらどうだ、とからかった。静雄は佐知子が傘を持ってきたので、よかった、よかった、これで濡れなくてすむ、と顔をほころばせた。佐知子は佐知子で、駅から駆けどおしだったのよ、待っていてくれないかと思ったわ、それにジョギングは中毒になるっていう話じゃない、スポーツ雑誌にちゃんとでていたわよ、と声をはずませていった。

「ベビー・シッターはどうだった？」と僕はきいた。

「さんざんよ。男の子と女の子なんだけど、それが手のつけられない餓鬼なの。くたびれちゃったわ。ところでカンダタさん、いい夢を見た？」

「ゆうべの話はもうやめてくれないかな」と静雄ははにかんだ。いかにも、そんなふうなのが、あいつらしかった。

「黒ビールを頼んでこいよ。佐知子はなににする？」と僕は静雄にいった。

「あんたたち、またビールを飲んでいるの？　お金もないくせにぜいたくよ。私はコカ・コーラにして」

静雄が二階にあるカウンターまで、注文に階段をおりていくと、佐知子がそのすきに、今夜は早めに帰らなくちゃならないわ、あんたこんなことといって腹をたてない？と内気な少女みたいに見たので、なにをいいだすんだろう？　と僕は思った。黙って、続きを喋るのを待っていると、あんた店長のことを気にしている？　ときいてきた。

そうだな、と僕はいって、どっちにしても佐知子は俺の女だよ、と僕はいった。ちょっと間をおいて、あんた好きよ、今夜店長に会うの、と思いきっていった。

「そうだと思っていたよ」

「あんたあたしのことなんと思ってもいいわよ。尻軽女だと思ったって」

「いっておくけど、そう思ったらその場でいうよ」

「ありがとう。今夜店長と話をつけてくるわ」ととても真剣な眼でいった。

「ごたごたしたら、僕がでて行って話をつけてやるよ」と僕がいったとき、静雄が自分で黒ビールとコカ・コーラの瓶を三本握ってあがってきたので、佐知子が口を噤んだ。

「セルフ・サービスだよ。どうしたんだい？　まじめくさった顔をしているな」と静雄は瓶をテーブルに置いて、うかれていった。

僕と静雄はすぐに、黒ビールを飲みはじめた。あんたたちって、本当にいつでも酔っぱらっていたいの？　と佐知子がきいた。そうだよ、でも、ジンにくらべたら、黒ビールなんてなんでもないじゃないか、と僕はいった。

「そんなことじゃないわ。まだ二十一なのに、アル中になりたいのってきいているのよ」

「アル中志願者なんだ。でも、まだ二十一じゃなくて、もう二十一さ」と静雄はいった。

「あんたらしい考え方だわ。でも、人生を真面目に考えてもいい齢よ」

「佐知子は冗談をいっているんだろう、おい」と静雄は僕に、澄んだ笑いをたたえた瞳をむけた。

「本気らしいぞ」

「おいおい。頭がどうかしたんじゃないのか」と静雄がいって、それから僕に、「おまえは真面目に考えていないのか」ときいた。

「考えているね」と僕はいった。

「ただの酔っぱらいじゃない。そんなふうには見えないわ」

「どうしたらいいんだ？」と静雄は僕にいった。

「佐知子は俺たちに憂い顔をしろといっているんだよ」と僕はいった。

「茶化さないでよ。あんたの悪いくせよ」

「静雄も僕も、かんかん照りの日には黒ビールは飲まないんだ」と僕はいった。

「お天気とこの話となんの関係があるの？」

「だから、そんな日にはもっとうまいビールがあるよ。でも今日は雨だ。空気は涼しい。咽だってちょうどいい具合に乾いている。少し飲むだけなら、今日は黒ビールが一番なんだ。それに、夏には僕はウィスキーよりジンのほうがいい。口あたりがいいからね」

「全然、わけがわからないわ。なにがいいたいの？」

「街をほっつき歩いてだよ、くたびれたら、こうやって休むんだ。それで一番飲みたいものを飲む。それでいいだろ？　それ以上、つべこべ考えることはないよ」

「やっとわかりかけてきたわ。いいたいことだけはね」

「それじゃ、水曜日にウォルター・マッソーを見に行くかい？」と静雄がいった。

「僕の泊りの日にだしぬく気か」と僕はいった。

「妬かないで。みっともないわよ」

「誰が妬くもんか」

「すねているよ、こいつ」と静雄はうれしそうに、佐知子にいった。「水曜日、アパートまでむかえに行くよ」

「ええ、そうして。地図を書いておくわ」といって、佐知子がマギー・メイのマッチの内箱に道順を書いて静雄に渡した。

「佐知子の部屋はどんなふうなんだい？」と僕はきいた。

「あんたたちの部屋ほど愉しくないわ」

「それじゃ毎晩、僕らと一緒にすごすか」と僕は冗談混りでいった。

「それがいいよ。ひとりだなんて、つまらないだろ」と静雄のほうはいくらか真顔でいった。

「いいわね、三人暮しも。でもそのためには、三段ベッドが必要よ」

僕らは笑って、三段ベッドを特別あつらえで作ってもらおうか、などと他愛ないことをいいあった。でも佐知子は満更でもなさそうだった。これから、アラの店に行ってみないか、と静雄は誘った。今夜は駄目なの、と佐知子はいった。まだ時間は、たっぷりあるじゃないか、と静雄は後に引かなかった。

「それとも、またベビー・シッターに戻るのかい？」

「そうじゃないの。九時半に人に会わなければならないのよ」

「そんなもの、すっぽかしてしまえよ」静雄はのんきにいった。

「そんなわけにはいかないわ」

「誰と会うんだい？」と静雄はいった。

「あんた、見かけによらず、しつこいわね」

「送って行くよ、佐知子。どっちへ行くんだい」と僕は話をはぐらかしていい、それで静雄の問いは宙に浮いてしまった。

「そうしてくれる？　駅までよ。アラの店はこの次にするわ」

「九時半ならもう一本、黒ビールが飲めるな」と僕はいった。

「あたしも飲むわ」

「そうでなくちゃあな」と静雄はいった。

ふたたび静雄がセルフ・サービスで、黒ビールを運んでき、それを飲んだあとも少しお喋りをして席をたった。僕らは割かんで金を払った。外へでると雨は少し強まっていた。

佐知子の女ものの傘に僕らは三人で入って通りを歩いた。佐知子が真中で、僕は彼女のあたたかい、ふっくらした腰に手をまわし、静雄は彼女の肩を抱いていた。身体をすり寄せ、ふざけて、兄弟の犬ころのようだった。そんなふうにしていると僕はベッドで彼女とたわむれ、彼女のなかにペニスが包まれたときのことを、ありありと思い浮べた。

駅へでかかったとき、ばったり店長にあった。九時で閉店になる店からちょうどでてきたところだったのだろう。店長は僕らを見てちょっとびっくりしたみたいだったが、立ちどまってこっちを見つめただけだった。僕らが素知らぬ顔でやりすごすと、静雄はふり返って、あいつは知りあいかい、まだじろじろこっちを見ているよ、といった。さあな、と僕はいって、佐知子をうかがった。彼女は知らん顔をしていた。

「佐知子の知りあいじゃないのか。声をかけたそうにしていたぞ」と静雄はいった。

「あんな奴、どうでもいいじゃないか」と僕はいった。僕は佐知子が今夜店長とどうやって話をつけるのか見当がつかなかった。「三人でひとつの傘に入っているから変に見えるんだろ。今時の若い奴はっていうわけさ」

実際、通行人はさかんに、ひとつ傘に入っている僕らを、うさんくさい、好奇心に満ちた眼で見た。幸福だった。少なくとも僕はそうだった。そのうち、佐知子のむこうに、彼女を通して新しく静雄を感じるだろう、という気持がした。部屋にいるときはいつもどうしているんだい？　と静雄がきいた。

「そりゃあ、いろいろよ。洗濯をしたり雑誌を読んだり、手紙を書いたりよ。でも、あんたみたいな手紙は書かないわよ、静雄」

「僕の？」

「そうよ。覚えていないの？　こうよ、切手代置いて行ってくれないかな。今度の泊りの日はいつだい？」

「水曜日さ」と僕はあとを受けていった。

「あの書き置きか。きのうの晩見たんだな」

「大笑いしたわよ。でも、なんだかあんたたちとうまくやれそうな気がしたわ」

佐知子は声をはずませて、本当にあんたたちと暮そうかしら、と本気とも冗談ともつかない声でいったりした。女ものの傘は小さくて駅へ行くまでに、僕と静雄の肩は、はみだしているぶんだけ濡れてしまった。駅はタクシー待ちの客で混雑していた。

「明日の晩ならアラの店へ行けるだろう」とわかれまぎわに静雄がいった。

「明日ならいいわ」と佐知子は陽気な声をだした。「わたしもきのうの静雄みたいに酔っぱらいたいわ」

「それはいいけど、世話の焼けることはかんべんしてもらいたいな」と僕はいった。

「大丈夫よ。今度が私が酔っぱらって、静雄に介抱してもらうわ。それでおあいこよ」

僕らは、じゃあ、といいあってわかれた。

次の日、店へ行くと佐知子の姿が見えなかった。いつも佐知子と交替で、レジスターを叩いている女の子のところへ行って、どうしたんだろう、ときいてみた。

「さっき電話があって調子がよくないから休むといっていたわよ」と彼女はプール金

を勘定しながら教えてくれた。

「彼女が休むと、店長とレジに立たなければならないから厭よ。気が休まらないわ」

仕事がはじまり、その朝入荷の本や雑誌の検品を済ますと、伝票を持って僕は店長のところへ行った。事務室では、店長はきのう売りあげのあった文庫本の報奨券を出版社ごとに整理している最中だった。それが店長の日課だった。それらの報奨券は、それぞれの出版社名のコマーシャル入りの紙袋と交換されるのだ。

検品が終った、と僕は店長の背中に声をかけた。せっせと報奨券の整理をしている店長のぶくぶく肉がついて、しみみたいに毛穴の浮きでた首すじを見つめ、それから、肩越しに入荷伝票を机に置いた。彼は僕を見ようともせず、背中を見せたまま伝票に眼を通していった。店長がオーケイというまで待たねばならなかった。今日佐知子が休んだのは、きのうの店長とのことと無関係ではないはずだ。僕はそう思っていたから、もしそのことで佐知子がひどいめにあって休んだとしたら、そのときには黙っていないつもりだった。歯が全部、ぶち折れるほど殴ってやるつもりだった。

なかなかオーケイがでないので僕はいくらかじれて、光の射しこんでいる窓に視線をむけ、つとめ人たちがでかけてしまったあとの閑散とした通りを見た。銀行の案内係が、陽だまりのなかで水撒きをしているのが見えた。

この一、二ヶ月で驚異的な売れ行きを示しているベストセラーの単行本がまだ入荷しないと店長はぶつぶつ不平をいった。その本はこの店だけでも日に十冊や二十冊は軽く売れた。出版社のほうでは増刷が追っつかない、という話だった。

「入荷に間違いはありませんよ」と僕は店長の不平に耳をかさずにいった。

そのとき店長がはじめて僕を見た。店で使うことになっている隠語は覚えているか、ときかれたので、ええ、だいたいは、と僕は答えた。店長は探るような眼をした。

「なぜ、店で隠語を使うか知っているか」

「客の耳に不愉快に響かないようにですよ」

〈食事〉は？〈洗面所〉は？〈万引き〉は？と彼がたずねたので、僕はいちいちそれにあった隠語を答えた。コーヒーと僕が答えたとき、店長は満足した薄笑いを浮べた。最初に、隠語のことをいいだしたときから、僕には彼の本意がわかっていた。だから僕は別に腹も立ちはしなかった。

「このあいだ、コーヒーといわれて、おまえはどうした？　そのときの行動については常々教育されているはずだ。全部報告が入っているんだぞ」

教育とか報告とかいう言葉が僕にはおかしかったが、真面目くさった顔をしていた。

あの日以来、専門書コーナーの同僚は口をきこうとしなかった。顔をあわせると彼は、今に見ているんだな、という表情になるだけだった。僕はそのときの同僚の顔を思い浮べた。

「この次には、やめてもらうことになるよ」と店長はいった。

「いいですよ」

「なぜそんないい方をするんだ？　口のきき方も知らないのか」

「次はつかまえますよ。片っぱしから」と僕はいった。

「女に手をだすのだけは早いんだな」店長が腹だちをふくらませるのがわかった。

「なんのことですか」

「もう行っていい。この次は覚悟して貰うからね」

「わかりました」といって僕は事務室をでると自分のコーナーに戻った。

棚に隙間のないように本を並べ、平台に積み重ねてある本を整え、ストックの引きだしを点検した。開店まで時間があった。専門書の同僚が、入荷したあとの紙くずを捨てに裏口のほうへまわって行くうしろ姿が視界に入った。僕はゆっくり裏口へ歩いて行って、ドアをあけると、銀行の建物とのあいだの路地にでた。同僚が抱えた紙くずを通りにあるゴミ箱へ捨てて戻ってくるまで、日蔭になった銀行の壁にもたれて、待っていた。

彼はすぐ戻ってきて、僕を見つけると一瞬ひるんで立ちどまりかけた。すれ違う瞬間、僕はものもいわずに彼の髪をつかんだ。悲鳴をあげたがかまわずに、僕は腰に力をためて、そのまま銀行の壁に同僚の顔を押しつけ、ぐいぐいやった。彼はびっくりして声もだせないようだった。首をへし折ってやる、と僕はいった。彼は顔をのけぞらせて身をもがきながら、逃げようとした。

「やめろよ。俺がなにをした？」

彼はもうすっかりびくついて哀願のまなざしになっていた。僕は容赦しなかった。

「やめてくれ。頼む」

「遅いよ」と僕はいった。

「許してくれ、俺が悪かった」

黙らせるためにあいている右手で一発、張手をくらわせた。そして、

「おまえは悪くないよ。そうだろ？」といった。

「どうする気だ？」

僕は髪の毛を離し、唇めがけて真っすぐこぶしを突きだした。歯茎が犬の腹を殴ったときのような音をたてた。同僚が顔を歪めてうなり声をあげ、今にも泣きだしそうな顔をした。もう一発、僕は殴った。それに、といった。

「おまえを許す気もない」

僕は彼の鼻を力いっぱいつまんだ。

「おまえは臭いよ。匂うぞ」

同僚は眼を見ひらいて、僕を見た。闘う気も抵抗するつもりもないようだった。油断せずに、こぶしを握ったまま僕は腰をひいて、一歩さがった。彼も僕も息をきらせながら、たがいに二、三秒見つめあい、だが先きに屈服したのは彼のほうだった。彼が卑屈なおどおどしたまなざしになり、それから眼を足元に伏せた。僕は黙って裏口のドアをあけて店に入った。

持ち場に戻ると、雑誌コーナーの同僚がやってきて、裏でこそこそなにをしていたんだときいた。ゴキブリ退治をしたのだ、と僕は答えた。彼は踏台に腰かけて、ゴキブリ退治？　と顔をしかめた。僕はもう、それには答えずに、

「銃の専門誌は入ったかい」ときいた。

「ああ入った。でもあんな雑誌を読んでどうする気だ。改造拳銃でも作るのか」

「ああ、それで銀行を襲うんだ。一攫千金さ」

「僕も仲間に入れてくれるか」

「駄目だね。こいつは単独犯でやるのさ」

そんな軽口の叩きあいの最中も、僕はときどき、裏口のドアに眼をやったが、あの専門書コーナーの同僚はなかなか姿をあらわさなかった。開店まぎわだった。やっと彼は戻ってきた。

「ゴキブリって彼のことだったのか」と雑誌コーナーの男がいった。

「さあ、開店だ。シャッターをあけよう」と僕はいった。

夕暮れどき、僕は佐知子のアパートをたずねてみることにした。店をでかかったとき、雑誌コーナーの男が、わざわざ店の袋に銃の専門誌を入れて、コーヒーをして行けよ、と笑いながら、渡してくれたので、ありがとう、ずいぶん話がわかるなと僕はいった。たまにはコーヒーもいいものさ、と雑誌コーナーの同僚はいった。そうだな、と僕もいって、じゃあ、また明日、といって外へでた。

大学通りをのんびり歩いて、僕は佐知子のアパートのあるほうへ行った。洋書専門の古本屋やスーパー・マーケットの前は人で混雑していた。学生たちが群をなしていた。商業大学の門には、渡辺貞夫と香津美のコンサートが大学の講堂でひらかれるという立看板が立っていた。並木の影が舗道にまでのびていて、いくらか暑さを和らげてくれた。

佐知子の部屋のドアを何度ノックしても、部屋は静まりかえっているだけだった。念のためノヴをまわしたが、鍵はしっかりかかっていた。ゆうべ、わかれまぎわに今夜はアラの店へ行く、と約束したのだから、もうきっとでかけたのだろう。そう思って、僕はひとりでアラの店へ行くことにして駅まで逆戻りした。ゆうべ駅でわかれたあと佐知子が店長と会ったのだ、ということを少し考えた。店長と彼女のことは僕には関係がない、といってしまえば関係がなかった。僕らは三人とも二十一で、同じ齢だった。でも僕には佐知子みたいな女が、どんな生活をしたいと望むのか、インド人の生活を思い描くよりもわからなかった。

アラの店は国電でひとつめの駅だった。バスでも行けたし、歩いていったにしてもさほどの距離ではなかった。少しくたびれていたので僕は電車に乗って行くことにして、切符を買い、勤め帰りの人間でごったがえしている改札を入った。

次の駅でおりると北口にでて、坂道をずっとくだって、アラの店まで行った。ドアをあけると、アラはカウンターのなかから僕を見つけ、おお、ひさしぶり、と山羊みたいに静かな眼を細めて迎えてくれた。アラはいつも痩せた頬に横皺を浮ばせるみたいな笑い方をする。やあと僕はいってカウンターに近づいていった。アラは肩まで髪をたらして、山羊ヒゲをはやし、そんな笑い方をすると中国人みたいだった。アラの女房が本当に中国人で片言の日本語で話すので、彼までますますそんなふうに見えた。服装もいつもきまってチャイナ服だった。

「元気そうだね、アラ」

「まあね。あんたも元気そうだよ。でも今夜は珍しい客ばかりくる夜だ」とアラは照明をおとしてある一番奥を顎で示した。佐知子と静雄がもうきていたので僕は少し驚いた。ふたりとも僕に気づかずに、何か話しこんで笑いこけ、ビールを飲んでいた。

「さっきから愉快にやっているよ。あっちの彼女のほうはこの前の晩、あんたと待ちあわせているといって、一度きたけどね。あの晩あんたはどうしたんだい」

「ちょっと忙しくてね。ビールをくれる？」

「あんたに忙しいなんてことがあるもんかい。彼女、ずいぶん待っていたんだよ」とアラはビールの栓を抜いてくれていった。そして、いい女じゃないか、気だてだってよさそうだ、あんたがそんなふうなら、静雄のほうがそのうち心をつかんでしまったって知らないよ、といった。僕だって知らないね、と僕はいって、ビールとグラスを持ってふたりのところへ行った。店はまだ八分の入りだった。本当に賑わいだすにはまだあと二時間はかかる。遅くなればなるほど常連の顔ぶれがそろうはずだ。

「おい」と僕は途中で叫んだ。音楽と煙草の煙と話し声が充満していて、大声をださねばならなかった。佐知子が最初に気づいて、片手をあげて笑いかけてきた。なにか彼女がいったが、きこえなかった。え、と僕はいった。彼女が口に手をあてて、なにか食べものを頼んで、と叫んだので、なんでもいいかと僕はききかえした。彼女が大きく頷いてみせたので、僕はアラに、焼きうどんをふた皿くれ、と頼んだ。あいよ、とアラはいった。そろそろおでましになるんじゃないかと思っていたよ、と静雄はいった。いつきたんだ、ずいぶん早いじゃないか、と僕はビールをテーブルに置いていった。

「二〇分ぐらい前かな。佐知子はもっと早くきていたよ」と僕はいってたて続けに

咽がからからに渇いていた。駆けつけ三杯さ、と僕はいってたて続けにビールを飲ビールを飲み、それを一本飲み終ったら、ジンかアブサンにするつもりだった。アラの店でアブサンを飲むのは、おそらく静雄と僕ぐらいなものだったろう。今日はどうして休んだのか、と僕は咽が潤って落着くときいた。

「ゆうべなにかあったのか？」

「なにもないわよ。つまらないことをきかないで。それより今夜は酔っ払うわよ」と佐知子ははぐらかした。

「今夜の佐知子は荒れているぞ。気をつけたほうが利口だよ」と静雄はいった。

「荒れてなんかいないわよ。仕事をしたくない日だってあるし、つまらない日だってあるじゃない。あんたたちと早く会いたかったわ」

「一日、うつ病だったわけだ」と静雄はいい、しかし僕は事情を知っている分だけ、静雄より、どういっていいのかわからなかった。それで静雄に、次はアブサンでも飲まないか、といった。あんたたちアブサンなんて飲むの、まるで気違いね、あんなもの飲むなんて、と佐知子がいった。そのとき、顔見知りの女の子が僕らに気づいてカウンターの端からこっちを見、身体を椅子からずり落ちそうによじって、手を振ってきた。静雄、おまえにだよ、と僕は知らせてやった。ほっとけよ、と静雄はいった。つれないのね、手ぐらい振ってやったら、と佐知子がいった。それであいつは、男たちのあいだにはさまれている女の子に申しわけ程度に手を振った。あの人誰？　静雄の元・恋人？　と佐知子がきいた。元・友達だよ、と静雄はいった。

「静雄、あんた嘘をつくと地獄におちて、水の底で蜘蛛の糸の夢を見なくちゃならないわよ。それに嘘つきはこの人でたくさん」と佐知子が瞳の奥で笑って僕を指さした。

「かまうもんか」

「あんた子供ね。ときどきあんた子供よ。それにね」と佐知子が僕を見た。「静雄がマザー・コンプレックスなの知っていた？」

「さあ、知らなかったよ」と僕はいった。

「なにをいいだすんだよ。それに俺たちはみんな同い齢じゃないか。俺だけが子供だなんてことがあるもんか」

「このあいだの晩なんか、子供だったな」と僕も軽い気持で佐知子に同意していった。

「静雄ったらね、あたしにね、お母さんの住んでいる漁師町でひと夏すごさないか、なんていうのよ。お母さんは叔母さんの所にいるんですってね」

「また、その話をしたのか。僕にもしつこく誘ったことがあるんだ。きっと、ひとりじゃ行けないのさ」と僕はいった。

「そんな話、もうやめろ」と静雄が少し腹をたてたふうだった。

「あんたがその話をしたんじゃない。叔母さん一家の漁師町でひと夏泳いですごそうって。あんたはお母さんに会いたいのよ。そうでしょう？　相当なマザー・コンプレックスよ。それに、ときどき死にそうな顔をする子供よ」と佐知子はからかい半分で喋り、すると静雄は本当に腹をたててしまった。あいつはなにも喋らずに席をたつと、さっき手を振ってきた女の子のところへ行ってしまった。静雄は彼女と立ち話をしていた。なんだか頑固に僕らに背中を見せていた。そんな静雄を一瞥して、怒らせてしまったわね、と別に気にもしていないように佐知子がいった。静雄と話している女の子は陽気ではしゃいでいた。いつだったか、アラの店で飲んだくれたあとで彼女が、静雄と一度寝たことがあるのを、そのはしゃぎっぷりで思いだした。でもいつのことだったか覚えていない。僕はあの手の女の子は、好きになれなかったから、最初っから相手になんかしていなかった。

アラがわざわざカウンターを抜けて、焼きうどんを運んできてくれた。合図してくれれば取りに行ったのに、と僕がいうと、ちょっと坐ってお話していいかね、とアラは笑った。僕は佐知子を紹介して、それから、アラのことで知っていることをちょっと佐知子に話してやった。本当に奥さんは中国人なの？　と佐知子がいった。どうりでチャイナ服がよく似あっているわけね、と彼女はいった。

「ありがとう」とアラはいった。

「アラの奥さんに僕は一度助けてもらったことがあるんだ」と僕はいった。

一年ぐらい前だった。その晩、僕は知りあったばかりの痩せっぽっちの女と飲んだくれたのだ。あの晩はボトルを一本あけてしまうぐらい僕は飲んだだろう。あんなに泥酔したことはなかった。その女と真夜中に路地を歩いて、それから暗がりにひっぱりこんだのまでは覚えている。たぶん僕はかなり荒っぽいことをやったんだろう。女がなにか叫んで、僕らはふたりとももつれながらバランスを失って倒れた。痛いわね、しっかりしてよ、あんた、とその女は叫んだが、僕は立ちあがれなかった。女の声をききつけて、男たちがきた。そのへんもうろ覚えだった。いいから、おい、おまえは帰りな、と男たちは女にいっていた。僕は地面に転がって、女がタクシーに乗るのを見て、男たちに毒づいた。男たちは二人だったか、三人だったか、それも覚えていない。立ちあがって僕が毒づいた途端に、男のうちのひとりが殴りかかってきた。あっさり、僕はまた地面に伸びてしまった。二、三回腹を蹴られた。車にひかれちゃまずい、そっちに放りこんでおけという声がした。腕を取られて地面をひきずられ、駐車場のフェンスにぶつけられた。どのぐらいそこでぐったりしていたのだろう。女が僕の顔のところでしゃがみこんで、あんた、どうしたの？　としきりにきくので、眼がさめた。最初、タクシーで行ってしまった女が戻ってきたのかと思ったが、違う女だった。あたしの店はあそこだから、休んでいきなさい、とその女がいった。いや、いい、と僕はいった。よくないわよ、いいからきなさい、と彼女はいった。それがアラの奥さんで、彼女が中国人だというのもあとで知った。その晩から僕はアラの店に出入りするようになったというわけだった。

「そんなこと、あったかね」とアラはとぼけた。

「奥さん、今夜はいないの？」

「ときどきしか店にはこないよ」とアラがいった。

「四郎はもうやめたのかい」と僕はきいた。

「いや、まだやっているよ。サーフィン気違いでね、あいつは。今頃、静岡の海岸で夢中になっているんじゃないかな」

「このあいだの晩、お店を手伝っていた子？」

「ああ、まだ学生でね。ほら、あんたを送って行くっていっていた男だよ」

「今年はいつ海水浴へ行くんだい」と僕はきいた。

「今週の木曜日にはでかけるよ。むこうで四郎とおちあうことになっているんだ。あんた行くかい？」

「今年はいかないよ」と僕はいった。

「あたしは行きたいわ」

「大歓迎だよ。あんたはもう常連だからね」とアラがいった。

客がアラを呼んでいた。商売、商売、といってアラが立ちあがったとき、アブサンを一杯くれないか、合図してくれれば取りに行くと僕は頼んだ。いいよ、とアラはいって、佐知子に、ぜひ海水浴へきてくれ、五日間愉快にやろうといった。

静雄はさっきの女の子とカウンターでお喋りしていた。僕らのほうをふりむきもしなかった。すっかり、へそを曲げてしまったわね、ちょっといいすぎたわ、と佐知子がいった。カウンターのなかでアラが、僕に手をふってきたので、立ちあがって佐知子になにか飲むかい、ときいた。水割りでいいわ、と佐知子はいった。

僕が静雄たちのところへ行くと、今晩は、しばらく顔を見せなかったわね、とあいつと一緒の女が声をかけてきた。舌ったらずなきどった喋り方をするので僕は鳥肌がたつような気分だった。アラたちと海水浴へ行くのかい？　と僕はきいた。

「ええ、そのつもりよ。あんたは？」

「僕はいけないんだ」

「残念ね。きっと愉しいわよ」

「だろうな」と僕はいった。そしてアラに、ウィスキーの水割りをダブルで一杯作ってくれないかと頼んだ。あいよ、あんたのアブサン、とアラがいってグラスを渡してくれた。

「水割りのほうはあとで持って行ってあげるわ。彼女と知りあいになっていいでしょう」と静雄と一緒の女の子がいった。「でも、あの人、どっちのいい人。静雄のほうばかり見ているわよ」

「おまえは関係ないよ」と静雄がいった。

「なに、この人？　酔っぱらったの？　かりかりしているわ」

「虫の居所でも悪いのさ」と僕はいった。そして静雄に、佐知子はおまえと一緒に飲みたがっているんだ、と小声でいった。

「あたしにもそう見えるわ」

「黙ってなよ」と静雄がいった。周りにいた客たちもアラも、ちょっと僕らを注目した。アラが気をきかせてそんな客に、今度の号の日本人ボクサー特集のスポーツ誌は読んだかい、と話しかけてくれたので、すぐにまた、僕らの周囲はざわめきでいっぱいになった。誰かがアラにむかって、アラは本当に浅川マキが好きなんだな、といった。僕が、静雄に、だいなしにする気か、今夜は三人で陽気にやるはずだったろう、といったとき、アラが、このあいだなんか店をほっぽって彼女のコンサートをライブ・ハウスまでわざわざ、ききに行ったよ、と話していた。いいや陽気にやるのは僕じゃない、おまえたちふたりさ、僕はただ酔っぱらってあんたたちが抱きあったベッドに押しこめられてしまうだけだ、と静雄はいった。

「いいかげんにしろ」と僕はいった。

ライブ・ハウスに行ったのはいいんだよ、そこまではいいんだ、とアラが喋っていた。行ったら、もう満員さ、ちいさなライブ・ハウスなんだ、ドアをあけたら、黒いカーテンがあってね、俺は一所懸命、それをかきわけたけど、中に入れない、変だなと思ったらカーテンのむこうに人の背中があったのさ、俺は中に入ろうと思って、人の背中を撫でてたってわけだよ、とアラが身ぶり混りで喋ると笑い声がどっとわき起こった。

「あとで、気がおさまったらこいよ」と僕は静雄にいった。

静雄は、なにもいわなかった。佐知子のほうへ戻りかけるときも、アラはまだその話をしていた。もう泣きそうになったね、帰ろうかと思ったよ、でも仕事はほっぽりだしてるし、金だって払っているんだから、むりやり人の脇腹かきわけて中に入ってね、カエルみたいに壁にへばりついていてきたけど、体力がいるね、もうああなると、コンサートに行くのだって、体力の問題だよ、とアラはいい、するとまたみんなが笑った。

「静雄となにを話していたの？」と僕が戻ると佐知子がいった。

「あの、馬鹿野郎」とだけ僕はいった。

さっきの女の子が、水割りのグラスを持ってやってきてくれた。

「ありがとう。この店じゃ、みんなアラのお手伝いをするのね」と佐知子がいった。

「なんとなくそういうふうになっているの。あなた、このあいだの晩もきていたわね」

「あの夜がはじめてよ。今夜もサッカーをするの？」

「するわよ。たくさん飲みたい人は別だけど」

「じゃ、今夜はできないわ。たくさん飲んで酔っぱらいたいの」

「これからもよろしくね。またあとできていいでしょう」

「ええ、ぜひきて」と佐知子がいった。

女の子がいってしまうと、僕はアブサンをちびちびやりながら、店長のことを佐知子にきいた。少し迷ったが、なんだかきかずにいられなかったのだ。話はつけたつもりよ、あとはあっち次第ね、と佐知子が気のない声をだした。その話は今夜はしないで、というので、いいよ、と僕はいった。

静雄がビールを持ってやってきて、坐っていいかい、とおずおずした調子できいた。坐れよ、と僕がいうと、あいつは腰かけながら、なんの話をしていたんだい？　ときいた。僕はビールを注いでやりながら、競馬の話さ、どんな馬が好きかって話だ、とでたらめを喋った。

「静雄も話して。あんたはどんな馬が好きなの？」と佐知子が僕のでまかせに調子をあわせた。

「怒っていないか」と静雄がいった。

「そんなことといいから、話してよ」

「日曜日に地方都市で開催されたレースで、強い馬が走ったよ。馬体が五百キロの、黒い、みるからに強そうな馬だ。誰がみてもそれは一着でくるという馬だよ。当然、一番人気さ。それは大きなレースを勝ち抜いてきた馬なんだ」サラブレッドの話になると静雄はいつも生き生き話した。

「あんたはそれを買ったの？」

「いや。その馬は、春の大きなレースで一着、勿論、次のダービーにも出走したけど、このときは着外さ。でも今度のレースでは、他の馬と比べて格が違う、というのが予想屋たちの意見だった。無論、そうだろう。他の馬はほとんどダービーにも出走できなかった馬たちだからね。雨が降って重馬場ならなおさら、という予想だ」

「あたしならその馬にするわね」

「でも僕は違う。一枠に、インターグランプリという馬がいたよ。デビュー当時はみんなに期待された素質馬だ。でも勝てない。オープン馬にもなれない。五百キロの一番人気馬が同じ四歳馬で、才能を開花させた馬なら、この馬はまだ開花できない馬だよ。僕はこう考えたんだ。きっとこのレースで、インターグランプリが勝つと思った。

ここで勝って開花するんだ。今日はそのためのレースなんだ、と思ったのさ。でも結果は、その五百キロの馬が直線で差しこんで一着、インターグランプリは二着さ」

「残念だったわね」と佐知子が静雄をじっと見つめていった。「あたしも、そんな馬の選び方なら、競馬が好きになりそうよ」

「静雄のは感傷馬券というのさ」と僕はいった。

「あんたならどうなの？」

「できるだけ、そういう気持を捨てていく選び方をするんだ」

「あたしは静雄のほうがいいわ」

「だろうね。できれば僕もそうしたいところだよ」

そのあとも、しばらく僕らは、競馬の話を続けた。アラブの馬や草競馬の話だった。客がたてこんでアラは忙しそうだった。唄をうたっている奴もいて、騒々しく、僕らはときどき顔を近づけて話さねばならないほどだった。静雄があまり陽気に話すので、あきれて僕は、さっきこいつはあんなにガキみたいにすねたくせに、といったりした。さっきのことはさっきのことさ、と静雄はいった。すねた真似をしてみただけよね、と佐知子はいった。

洗面所にたったとき、店の時計を見た。十一時になるところだった。ふたりの所へ戻ると、眠くなったのでさきに帰っていいか、ろくろく眠っていないのだ、と話した。静雄はひきとめたそうにしたが、佐知子は僕に、おやすみ、といった。ちゃんと静雄に介抱して貰うんだぜ、と僕はいった。

そのときに、大学をでてから塾の講師をしているというヒゲづらの男が、さあ、サッカーをやろう、といって僕らの肩を叩きにきた。いつだったか、プロ野球の人気チームの凋落ぶりを話したときに意気投合した男で、なにかというと、人の肩を叩きたがった。いや、俺は帰るんだ、このふたりはするかもしれない、と僕はその男にいった。今夜はやらないつもりだったけど、気持がかわったわ、と佐知子はいった。よし、やろう、やろう、とヒゲがいってふたりの肩を叩いた。さっき、静雄と一緒だった女の子もきて、まだあんまり飲んでいないようじゃない、ひと汗かきましょうよ、と誘った。佐知子が立って、今夜、あんたたちのところへ泊めて貰えるかしら、といった。ああいつでも泊れよ。でも、もし眠っていたら、起こさないでくれよ、と僕は答えた。鍵はあけておいてくれ、と静雄がいった。そして、じゃあ、といいあった。

ふたりが、サッカーをする連中と店をでて行くのを見送ってから、僕はアラのところへ行った。店の客は半分ほどになって、アラがビールを抜いて一杯やっていた。一杯どうだい、まあつきあいなよ、これはプライベートなビールでね、あんたと半分ずつ飲みたいんだ、といった。僕は、貰うよ、と率直にいって、カウンターに坐り直し、それを飲んだ。僕らは何も話さずに飲んだ、それからアラに礼をいって、僕は勘定を払って外へでた。あさってから海水浴だね、アラたちが陽焼けして帰ってきたら、またくるよ、とでるとき僕はいった。おやすみ、とアラはいった。ずっと、人いきれと煙草とアルコールにつかっていたので、通りにでると空気が皮膚にしみこむようだった。サッカーをしている連中は、通りのむこう側で喚声をあげていた。

部屋へ帰ると、例の花の水をかえてやってベッドに入りこんだ。夕方店をでるとき、コーヒーをやって行けよ、といって雑誌コーナーの同僚が渡してくれた銃の専門誌を少し読んで眠ることにした。明日は僕は泊りだった。そしてあさってになれば、佐知子も静雄も、アラたちと一緒に静岡の海へでかけてしまう。五日間、僕はひとりだ。静雄と僕が夜中にかっぱらってきた花はそれまでもつだろうか。僕は佐知子にきのうの店長とのことをつべこべきかなかった。きっとそれでよかったのだ。たとえよくなくてもそれしかなかった。静雄はアラの店で僕に、自分だけつんぼ桟敷に置くつもりか、といいたかったのだろう。僕らふたりのあいだに佐知子がくわわって、静雄と僕が仲たがいするようなら考えものだった。そんなことは僕は望んでいない。それをあいつにわからせなければならない。それにしても、なんて単純な奴だ。あとになって、そんなに悪びれもせずに、僕らのところへやってきて、あんなに生き生きと馬の話なんかしやがった。そう考えると、僕はあいつのことを憎めなくて笑えた。

真夜中をすぎてから、ふたりは帰ってきた。階段をのぼる前から大声でなにか話していて、それが佐知子の声なのか、あいつのなのか、わからないままに、僕はぼんやり眼を醒ました。車の走りさる音がしたから、タクシーで帰ってきたんだろう。階段をのぼる足音がもつれていた。僕は眠り続けているふりをしよう、と思った。部屋の前までくると、ふたりは急に黙ってなかなか部屋に入ってこなかった。僕は耳を澄ました。外でふたりが抱擁する気配が手に取るようにわかった。それから佐知子の、馬鹿、図々しくしないでよ、という声がした。なにが馬鹿だよ、と静雄がいっていた。あの人が起きているかもしれないじゃない、それに、あたしはあんたの女なんかじゃないのよ、と押し殺した声で佐知子がいっていた。気安く、手なんかださないで。

僕はベッドにうつぶせに寝て、顔を押しつけていた。ふたりは部屋に入ってきても電気をつけずに、僕を気づかって小声で話していた。静雄、あんたのインターグランプリ、と佐知子がすっかり酔っぱらった声で喋った。そのあとの彼女の声はきこえなかった。泥酔しているようだった。あれは一着でこなければならない馬さ、と静雄はいっていた。そんなふうに思いこまれたら、敗けた馬がかわいそうだわ、少し思うだけでいいのじゃない？　と佐知子はいった。それからベッドのところへきて僕をのぞきこむと、よく眠っているわといった。僕と一緒に寝よう、こっちへこいよ、と静雄がいった。なにいってるの、駄目よ、本当にあんたって酔っぱらいね、と佐知子は突っぱねた。静雄が沈黙した。早くあさってになればいいわね、その前に水着を買わなくちゃならないわ。静雄、あんた明日、ウォルター・マッソーを見に行く前に、水着を買うのにつきあって、と佐知子がいった。いいよ、海水浴から帰ったら、仕事を捜すよ、と静雄がいった。そのほうがいいわ、男は仕事を持つべきよ。

僕はずっと身動きもせずにふたりの話を聞いていた。あたし、あんたみたいな男、きらいじゃないわよ。でも、眠っているあいだに変なことをしたら、ひどいめにあわすわよ。そんなことしない、と静雄はいっていた。しばらくそうやって僕は、ふたりの話を聞き、それから、いつのまにか眠ってしまった。

朝になって眼を醒ますと、佐知子が僕らのために朝食を作ってくれていた。おはよう、と僕はいった。

「ゆうべはやっぱり泊めて貰ったわ、すこし二日酔いよ。静雄を起こして」と佐知子が快活な声でいった。オーケイ、と僕はいって、上の段で眠りこけている静雄をゆさぶって起こした。あいつは寝返りをうって渋った。

「静雄は朝が弱いのね」

「佐知子は？」ときくと、あたしは早起きよ、六時には眼が醒めるの、と答えた。

朝食のしたくを手ぎわよくやっている彼女を眺めながら僕は、佐知子はやりくり上手ないい女房になりそうだな、といった。

「ありがとう、そうなりたいわ。でもあんまりかいかぶらないで。トーストと紅茶と、ハムエッグだけなんだから」とほがらかにいった。

静雄が起きてきて、三人で食事を摂った。あいつは顔も洗わずに、食べはじめた。静雄と僕がひさしぶりにとる朝食らしい朝食だった。それで静雄は、三人で暮すのはいいな、毎朝、こんな朝めしにありつける、といい、すると佐知子が、もしそうなったら、食事を作るのは三人で交替よ、あたしにだけ押しつけるなんて不公平でしょう、と答えた。

「ゆうべはあれからどうだった」と僕はハムエッグを食べながらいった。

「三〇分ぐらいサッカーをしたけど、くだらないよ。僕は戻って、すぐ飲みはじめた」と静雄はゆうべの深酒で青ざめた顔をしていった。

「あたしもそんなものだったわ。他の人たちは、まだわいわいサッカーに熱中していたけど」

「今夜、ウォルター・マッソーを見たら、店にこないか。どんな映画かくわしく教えてくれ」

「ああ、いいぞ。行くよ」と静雄はいった。

「なにか持って行くわね」

食事を終ると、まだむっつりして眼の醒めていないふうの静雄を残し、佐知子と僕は連れだって外へでた。もう暑かった。バスに乗って店へ行った。


その夜、店長や同僚が帰ったあと僕は、ひととおり店を見回って戸じまりを確かめ、消灯して事務室にひきこもった。事務室の奥に小部屋があって、そこには木製のベッドがひとつあった。泊りを割りふられた男子店員がそこで仮眠するのだ。僕はテレビをつけて、およそ現実離れした、やたら死人のでる刑事物のドラマを見た。

さっき五時の早番の退社時間に、佐知子がきて、あんたも明日あたしたちと海水浴へ行けばいいのに、といかにも僕を誘いたそうにいった。僕は首をふった。静雄と愉しんでこいよ、休暇届けはだしたかい、といった。そんなものださないわ、もうこの店で働くのはどうでもいいの、わかるでしょう？　といった。店長のことだろうと思って、ああ、わかるよ、と僕はいった。僕だって半分はそんな気持さ。あんたもしかしたらゆうべあたしたちが帰ってきたとき、起きていたんじゃない？　と佐知子がきいた。そんなことはないよ、眠っていた、なぜそんなことが気になるんだい？　と僕はいった。なんでもないわ、それじゃ映画が終ったらくるわね、と佐知子はいって店をでて行った。

事務室でテレビをつけっぱなしのまま僕は、今日、どっと入荷した少年漫画雑誌をありったけの種類持ちこんで読んだ。テレビの刑事物を切りかえて、若手の漫才番組にチャンネルをあわせた。僕の好きな漫才師がでるときだけ、雑誌を置いてテレビを見た。腹を抱えて笑い、彼らのギャグの真似をテレビの前でひとりでやってみた。漫才番組が終ると十時だった。そろそろ、ウォルター・マッソーが終る頃だった。佐知子は五時に店をでて、静雄と待ちあわせ、水着を買ったはずだ。僕は彼女の水着姿を想像してみた。海水は彼女の、二十一の女にふさわしい艶々して張りのある皮膚の表面で、大つぶの玉になってはじき返って輝くはずだ。それはしずくになって砂浜を濡らす。しかし砂は熱く焼けていてすぐに乾き、佐知子はアラや四郎や静雄にむかってひっきりなしに笑うはずだ。それを考えると、なぜ僕が頑固に、ここにいなければならないのか、自分でもわからない。五日間で、僕は佐知子を失うような気がした。ゆうベッドのなかで盗みぎきした、ふたりの会話を思いだして、静雄が佐知子をどう思っているかは、わかりきったことなのに、と思った。それなのに僕は、この夏はこの街にイモリのようにへばりついていようと今でも頑固に思っている。

電話が鳴ったので受話器をとると、静雄だった。今、終ったところさ、これから行くよ、とあいつはいった。

「裏にまわってドアを叩いてくれ。佐知子が知っているよ」と僕はいった。

「佐知子がでたがっている。かわるよ」

「おもしろかったわよ。静雄とさんざん笑ったわ」と佐知子がすぐにでて、興奮したようなはずんだ声をだした。

「それはよかったな」

「あんたといかなくて正解だったわ」

「よくいうよ。こっちは仕事だぜ」

「そんなに腐っちゃ駄目よ。七、八分でそっちへ行けるわ。なにか欲しいものはない？」

「くだものを買ってきてくれないかな。駅前のくだもの屋ならまだやっているだろう」

「わかったわ」

僕は受話器を置いた。ふたりが他の観客たちと一緒に、映画館をでてくる光景が頭に浮んだ。佐知子の声は充実して輝いているように僕の鼓膜に届いた。それを考えると、なんだか、ふられた男みたいに少しじりじりした。それから僕は静雄のことを考えた。佐知子を僕らの部屋で紹介した晩のあいつのことだ。彼女と僕がはじめて、ベッドで汗だくになりながら、温い皮膚や心臓の鼓動を感じあった夜のことだった。まだ二、三日しかたっていないのに、ずいぶん以前のことのように思える。あの晩、あいつは、夜の通りや雑木林や畑をうろついて、僕らが愛しあったあとでのこの部屋へ戻って、やあ、といわなければならない自分を考えたろう。あのときの静雄は完全に調子が狂っていて、ジンをがぶ飲みして佐知子に、シンデレラは十二時前に帰ってはいけないよ、などと口にした。もし僕が静雄でも、なにかとんでもないことを口にしたかもしれない。でも僕はあのときには静雄の気持なんか、これっぽっちも考えなかった。

事務室の時計をそわそわして見やりながら僕はふたりを待った。テレビの漫才番組がちょうど終って、スーザン・アントンのコマーシャルがはじまったとき、ふたりがやってきた。ドアをあけて僕は、暗がりのなかに立っているふたりをむかえた。

「桃でよかったかしら」と佐知子は入ってきていった。

「罐ビールも買ってきた。飲みたがっている頃だと思ってね」と静雄がまるでくったくなく笑った。さっそく僕らは罐ビールをあけて飲んだ。こんなところでひとりで眠るなんてな、同情するよ、と静雄はいった。桃の皮を器用に爪でむいている佐知子に僕は、ウォルター・マッソーのことをきいた。

「涙がでそうなぐらい笑ったわ。あんなに笑ったのはひさしぶりよ」

「佐知子は笑い上戸さ」と静雄はいった。

彼女が、むいた実を僕に渡してくれた。甘ずっぱい柔らかい桃は、口に含むとすぐ、ビールの苦みと一緒になって僕の咽に広がった。むしゃむしゃ僕は食べ、ビールを飲んだ。種子だけ残して全部たいらげると、ビールを飲みながら桃を食うなんて気がしれない、と静雄は小馬鹿にしたようにいった。俺の勝手さ、おまえなんかにいちいちさしずされてたまるもんか、と僕はいい返してやった。静雄はさっさと罐ビールを飲み終ると、そろそろ行くよ、といった。

「どこへ行くんだ？」

「きまってるじゃないか。アラの所だよ」

「そんなことだと思った。おまえには遊びたりない時間だものな」

「あたしもあとで行くわ。待っていてね」と佐知子が静雄にいうと、一瞬あいつは、僕と彼女を見た。じゃ、とあいつはさりげなく答えた。佐知子とふたりで静雄を見送りに裏口へ行った。明日からアラたちと泳ぎまくってくるからな、さみしがって泣くんじゃないぜ、と静雄は僕にいってでていった。

「もうひとつ食べる？」とふたりになってから佐知子はいい、僕は頷いて、本当にアラの所へあとで行くのか？　ときいた。

「ええ、行っちゃいけないの？」

僕が首をふって、早く桃をむいてくれ、というと、そう、と彼女はいっただけだった。もどかしくなって僕は、佐知子の背中にまわって抱きしめた。

「馬鹿ね。うまくむけないいじゃない」

僕が首すじに唇を押しつけると、彼女はくすぐったがって身をよじり、すると余計に僕を刺戟した。首すじはあたたかくわずかに汗の匂いがした。

「なあ、椅子の上でしよう」

「あんたったら。静雄がもし戻ってきたらどうするつもり？」

「あいつは知っていて、でて行ったんだから平気さ」

裸になって椅子に坐り、すると佐知子はそんな僕を見てくすくす笑いながら、ほらむけたわよ、といってふたつめの桃を渡してくれた。桃に齧りつきながら、僕は佐知子が服を脱ぐのを眺めていた。勃起した。ペニスがそんなふうに熱くなっている最中にリスかなにかみたいに桃を食べるなんて、変な気持だった。

「半分残しておいてよ」

「ああ。でも早く脱がないと食べ終ってしまうぞ」

まる裸になると佐知子は、僕の手から桃をとってむしゃむしゃやりながら、ふともにまたがってきた。僕はふざけて乳首を指ではじいてやった。それから腰を両手でひきよせて、ペニスが彼女の陰毛に柔らかく包まれる感触をたのしんだ。そして指でペニスをつまんで陰毛をかきわけるみたいに揺らして遊んだ。いつまでそんなことをしているの？　と佐知子が顔を近づけてきて、桃の甘ずっぱい香りのする口臭を吐きかけた。いつまで桃を食べているんだ？　セックスの間中か？　と僕はきき返した。食慾と性慾は同じよ、ノーマルな証拠だわ、と佐知子はいって最後の部分を齧った。僕はいささかあきれてしまった。桃を食べ終ったとき、僕らはキスした。舌を触れあわすと、佐知子のはつめたくて気持よかった。キスしながら、彼女の尻を少し浮せて、ペニスを入れた。僕が下半身を動かすと、佐知子はしがみついた。荒い息が僕の首すじや肩にかかった。

それからは僕らは終りまで口をきかなかった。終ったときにはふたりとも汗だくだった。汗がひくまでこのままでいよう、と僕はいって、縮んだペニスを彼女のなかに入れたままにしておいた。

「ねえ、あんた静雄のお母さんのことは詳しく知っているの？」

「佐知子より僕のほうが知っているとしたら、静雄とお袋は、ずっとふたり暮しをしていた、ということぐらいだな。田舎でも東京でもそうだったらしいな。それからお袋は、叔母さんの所へ行った。他のことは知らないよ。腹ちがいの兄貴がいるというのは知っているかい？」

「ええ、きいたわ。それで今夜また、叔母さんの住んでいる漁港へ行こうって誘われたわ」

「あいつまだそんなことをいっているのか」

「お母さんのことがきっと気になっているのよ」

僕は佐知子の大つぶの汗の滲んだ首すじに唇を押しつけた。

「このあいだ静雄をマザー・コンプレックスだなんて馬鹿にして悪かったわ」

「これから馬鹿にしなければいいさ」

「ねえ、こんなことしていたって汗は乾かないわ」と佐知子がいって僕から離れた。

僕らはタオルで身体を拭いた。

「それで静雄ったら、叔母さんの所へ行くのに兄さんから、お金を借りてくるっていうのよ」

「それは無理だよ。兄貴だって静雄が弟でなければ金ぐらい貸すと思うけどな」僕はタオルで丹念にペニスを拭っていった。

「仲が悪いの？」

「生き方が違うんだろ。兄貴のほうはずっと以前からひとりで生活していたようだし」

下着をつけながら、でもお金のことは別にして、と佐知子がいった。僕はズボンだけはいた。

「あたし、迷っているの。静雄があんなに誘うんだし、あたしも今の仕事はやる気がないから、いっそ四、五日叔母さんの所へ行ってみたい気もするのよ」

佐知子が僕を見て、どお？　というような眼をした。

「海水浴へ行っているあいだにきめるつもりよ」

佐知子次第だな、と僕は思っていた。服を着終ると、佐知子は煙草を一本吸った。

それから、アラの店へ行くわ、あんたもこんな所にくすぶっていないで、抜けだして行けばいいじゃない、と誘った。行かないよというと、ずいぶん仕事熱心ね、と彼女らしくからかった。アラによろしく、と僕はいった。佐知子がでて行くと、僕はテレビを切って、ベッドにもぐりこんだ。

ふたりが海水浴へでかけてしまってからも僕の生活は変らなかった。仕事を終えると、食事は外ですませた。雑誌コーナーの同僚と一緒のときもあった。俺の部屋へ遊びにこないか、と誘われたが断わった。暑さがときどき僕をしめあげたが、僕はこの夏は頑固に路上にへばりついていようときめていた。

アラの店は休業の張り紙がしてあった。食事をすますと、バスに乗って真っすぐ部屋へ帰った。眠るまで、ラジオのディスク・ジョッキーをきき、雑誌や本を読んですごした。

アラたちが常連を引きつれて海へでかけてしまった翌日、アパートに戻ると、手紙が一通届いていた。静雄あてで叔母からだった。母親からでなく、叔母からだ、というのが僕の気をひいたが、僕はそれをテーブルにのせておいた。

朝、静雄とふたりで盗んできた花の水をかえてやるのが、日課になってしまった。

だが花たちもそのうち生気を失って枯れはじめ、静雄あての手紙が届いた晩、思いきってそれらを全部新聞紙でくるんで捨ててしまった。その晩はかくべつ暑かった。それが朝まで続いたので、僕は汗まみれになってベッドでごろごろし、まるであせもで苦しむ子供みたいだ、と思ったほどだ。静雄たちは、海水浴場で朝から晩までさんざんふざけて、うかれているに違いなかった。夜にはみんなで酔っぱらうだろう。彼らはあと三日間、海辺ですごすのだ。

三日め、仕事の帰り、ぶらぶら歩いて、アラの店の前を通った。どこかでビールを飲むつもりだった。小便がしたくなったので、僕はコイン・ランドリーの角の路地へ入ると、線路わきの草むらにでた。草は伸び放題だった。手でかきわけて草のなかに入らねばならなかった。手や腕が草の感触でひんやりとした。電車が一台、通過した。僕はそれを眺めながらペニスを引っぱりだした。誰かが草をかきわけてくる音がしたが、僕は気にもとめなかった。放尿した。尿が足元の草を濡らし、尿と夏草の匂いがたちこめた。足音は複数だった。それが僕のところまできて、挟みこむようにふたてにわかれたとき、はじめて僕はそいつらを見た。つけてきやがった、と思ったが遅かった。

ふたりは、まだ尿のほとばしっているペニスに視線をよこし、顔を見あわせて、へっ、と笑った。僕もそれを真似て、へっ、と笑った。それから下腹に力をこめて、放屁した。

「金ならないぞ」と僕はいった。

「臭いへだな」と左の男がはじめて口をきいたから、僕はまず、そいつを見た。背の高い男だった。

「早く、ちんちんをしまいな」とそいつはいった。

それから、あんたは、といって僕の名前を口にした。その名前で間違いないか、ともうひとりの男がきいた。やっとそのとき、僕はあの万引きの一件のときの同僚を思いだした。あの同僚の仲間だとはじめて僕は気づき、ああ、間違いないよ、とすきを見せないように闘いの準備をして答えた。

「それならいいんだ」と背の高い奴がいった。

「こっちはよくない」と僕はいったが、いい終らないうちに、左の奴に脇腹を蹴られて、思わずうめき声をあげた。体勢をたてなおそうとすると、もうひとりの男の腕が斜めからでてきた。あやうく顔をそらした。こぶしが耳にあたって、切れたように痛んだ。そらした顔に別のこぶしが当った。よろめいて地面に手をつくと、背骨を思いきり蹴られた。続いて、めくらめっぽうに脇腹を蹴りあげられて、腹が熱くなり、胃液がこみあげてきた。あっというまに僕は地面に転がされてしまった。ふたりは攻撃をやめなかった。何度も何度も、腹といわず、顔といわず蹴られて、僕は地面にへばりついてうめき声をあげながら、なんだか自分が釣りあげられて、何度も岸壁に叩きつけられ、次第にうろこがはがれてぐにゃぐにゃになっていく魚のような気がした。男たちはほとんど口をきかず、蹴りかけるときだけ押し殺した声をもらした。

奴らが攻撃の手を休めると、あたりは急に静まりかえったようだった。激しい吐気がこみあげてきて、ごぼごぼいいながら僕は吐いた。吐瀉物は、青白く輝いた生きものみたいに次々こみあげてきて、顎と服を濡らした。僕は光や暑さに敏感な、通りにすぐうずくまってしまう青っちろい、腺病質の子供みたいだった。

「どうする？　もう少し痛めつけようか」とひとりがいった。

「そうだな」と別の男がいった。

ひとりがかがんで僕の両脇に腕をさしこんで、引きずり起こしにかかった。立たせられると、背の高い男のほうが、ゆっくりと愉しんで、ねらいを正確にして殴った。僕はされるままになっていた。もう、相手の男たちの顔も曖昧になってしまった。最後に胃を下から突きあげられた。声もでなかった。肉がぐしゃりといったような気がし、意識が次第に遠のくような感じになった。

「転がしておけよ」と殴っていた奴がいった。

僕は草のなかにほうりだされた。痛みは感じなかった。口のなかが、血でぬるぬるした。

ふたりが立ち去って、しばらくしてから僕はやっと立ちあがることができた。一発も殴らないうちに、こんなに痛めつけられるなんて、ざまはない。それにしてもやってくれたものだ。

僕はのろのろ歩いて、角にあったコイン・ランドリーまで行った。そこに入りこんで、煙草を吸った。客はいなかった。吸い終ると、通りにでて、タクシーをひろった。途中、薬局に立ちよって、湿布薬を買おう、と思った。

部屋に戻るとまっさきに僕は、冷蔵庫でレモンを捜した。痛みが少しずつ頭をもたげ、口のなかがずたずただった。舌で触ると、ざらざらした。僕はレモンを持ってテーブルまで行き、ナイフで何枚にも輪切りにした。こんちくしょう。あいつらめ。徹底的に痛めつけやがった。草でも踏みつぶすみたいに痛めつけてくれた。ただではすまさない。黙ってなんかいるもんか。専門書コーナーの同僚をしめあげて、あいつらの居所を必ず見つけだしてやる。

輪切りにしたレモンを僕は、目蓋と唇にはりつけて天井をむいた。指で押すとレモンの果汁が滲んで頬と顎を伝い、皮膚が気持よくなった。両方の目蓋から流れたレモン汁は涙のように見えるだろう。しばらく僕はじっとしていた。

それからレモンをはがして捨てた。上半身裸になって、新しいレモンを噛んだ。顎が痛むのでゆっくり噛まねばならなかった。すっぱい汁が口にあふれ、裂けた傷を刺戟する。あいつらめ、いいだけ脇腹を蹴りやがった。肋骨がいかれてなきゃあいいんだが。僕はレモンをゆっくり咀嚼しながら、脇腹を押してみた。痛みはあったが、肋骨は大丈夫なようだった。薬局で買ってきた湿布薬と絆創膏をだして、打身のひどい箇所にはった。そして、部屋へ戻る前、タクシーの運ちゃんに、近くの薬局でとめてくれ、といったときのことを思いだして苦笑いした。兄さん、警察は行かなくていいの？　ひどい顔をしているよ、と運ちゃんが親切気に僕にいったのだ。お巡りの手なんか借りないよ、自分で始末する、薬を買ってくるからここで待っていて、と僕はそのときいった。

じっとしているしか痛みの和らぐ術がなかった。静雄たちが帰ってきて、三人で底抜けに愉快にやるのを、待つようなものだ。僕らは三人で、毎日、うまくやれるだろう。今夜の痛みもじきになくなる。夏も終る。九月には僕は二十二になる。

服を脱いで眠ろうと思ったが、ひどく億劫だった。やっとの思いでズボンを脱いだ。

ズボンにも乾いた血と土がこびりついていた。

二段ベッドにもぐりこんで、静かに息をした。暗がりのなかでじっとしていると、心が次第に狂暴になった。最初の晩、佐知子が静雄にしたことを思いだした。カンダタ、といって、ベッドに横たわっている静雄の髪に触り、蜘蛛の糸の夢なんか見ちゃあいけないわ、もっといい夢を見るのよ、といったときのことをだ。海水浴から帰ったら佐知子は、静雄のお袋のいる叔母さんのところへ行くだろうか？　行くだろう、と僕は思った。眼をつむった。レモンの香りが部屋にたちこめていて、それが僕にふりそそいでいるような気がした。佐知子の手が暗がりから伸びてきて、髪に触る。ゆっくりと愛撫してくれる。蜘蛛の糸の夢なんか見ちゃあいけないわ、とそして僕にいう。帰っちゃいけないぜ、今夜は俺と一緒にいるんだ、と僕はいう。佐知子は黙っている。黙ったまま手が髪を撫で続ける。それは僕が望んでいるかぎり続く。

翌日、眼が醒めたときは昼すぎだった。あちこちの関節や筋肉に、まだ痛みがしこりのように残っていた。椅子に腰かけて床を見つめ、少し、はあはあ、いった。椅子の脚元に、カナブンが一匹、死んでいるのを見つけた。ドングリほどの大きさだった。椅子足で僕はそれを転がした。カナブンは艶を失い、羽がひらきかけて背中の肉がのぞいていた。死ぬ前に、最後の力をふりしぼって飛ぼうとし、そのまま羽を閉じることもできなくなったように見えた。何日間か、この部屋で、出口を見つけようともがき続けたに違いない。

立って静雄のベッドへ行き、あいつの鏡で顔を映した。左眼の目蓋が青ずんではれていた。唇をめくって僕は、割れて肉の盛りあがった歯茎を見た。腐りかけた老人の歯茎のようだった。顔ときたら、試合に敗けたボクサーのようだった。

僕は身づくろいし、部屋をでた。アパートの下のマーケットへ行って、ビールを一本買った。昼でマーケットはまだ混雑していなかった。大家の酒屋の主人が、その顔はどうしたのか、ときいたので、僕は駅の階段で転んだのだ、と答えた。

「上からかい？　下からかい？　きっとひどい転び方をしたんだな」と主人は冗談のつもりでいった。

ついでに八百屋へ行ってレモンを三個買い、部屋に戻った。椅子を窓辺に移してビールを飲んだ。風があったので、暑さはそれほどでもなかった。酔いは早かった。胃袋は空っぽだったが、食慾はなかった。飲み終ると窓枠に肘をもたせて、そのまま僕は眠った。

うたたねから醒めたときは二時だった。まぶしかった。目蓋を何度もひらいたり閉じたりしながら、眼を光にならさねばならなかった。

夕暮れになるまで、僕はずっと窓辺にい続けた。静雄たちが突然、海から帰ってきて、やあ、と頬をほころばせていいそうな気がした。そのなかには、アラもいた。他の常連客も混っている。しかし、もちろん誰も訪ねてくるはずはなかった。

すっかり陽がおちてから、やっと動きまわる元気を恢復した。動きまわるといっても、やることがあればの話だった。だから僕のやったことといえば、またレモンを輪切りにして傷にあてがったり、湿布を取り替えたことぐらいだった。それから湯を沸かし、身体を拭いたことだ。

痛みも顔のはれも翌日には消えていた。目蓋のあざは、二、三日残るだろう。アラたちが海水浴を切りあげてくるのは明日だった。あさってには店をひらくだろう。きのう一日、ビールと水とレモンだけだったので、空腹が胃をしめつけてきた。

市役所の前の食堂で遅い昼食をすませた。

帰ってくると、ドアのところに男が汗を滲ませて僕を待っていた。青いさっぱりとしたネクタイをしめて、身なりのいい青年だった。彼の前まで行くと、はじめまして、弟はいるでしょうか、といったので静雄の兄貴だとわかった。物静かな口調だった。

一度、訪ねてきたのですが留守でした、と僕がドアに鍵をさしこんだときに彼はいった。昼は僕は仕事があるし、静雄もたいがい留守なんです、と僕はいった。

部屋に入れるときに、ふたり組に襲われてから掃除をしていないことに気づいて、僕は少しためらった。静雄が、この腹ちがいの兄貴からどんなふうに見られるか、と思ったからだ。

僕がテーブルの椅子をすすめると、静雄の兄はていねいに、ありがとうございます、といって腰かけた。彼は部屋をざっと見まわし、二段ベッドに眼をとめた。だがなにもいわずに僕にすぐ眼をむけてきた。僕らは改めて初対面の挨拶を交しあった。彼が僕に名刺をだそうとしたので、いりません、と僕はいった。

「東京にもこんな場所があるのですね。環境のいいところじゃありませんか」

「この辺は家賃が安いんです。住んでいるのはそれだけの理由ですけどね」と僕はいった。

「弟は今日、帰ってきますか」

「友人たちと海水浴へ行っています。明日帰ってくる予定です」

すると彼は上眼づかいに僕を見た。

「海水浴ですか」と彼は不愉快そうな声になった。そして、どちらの海ですか、といったので、静岡です、詳しい場所は知りませんけどね、と答えた。

「そうですか」と彼はいい、僕の職業をきいた。

「本屋の店員をしています」

「あなたの給料だけでふたりぶんまかなうのですか。しかも弟は海水浴だなんていっている」と彼は兄貴らしい口調でいった。

僕はなにかいうべきだったかもしれないが黙っていた。

「弟は金に困っていたようですね」

「僕らはいつだってぴいぴいしているんです。特別なことじゃありませんよ」

「なぜ仕事をしないんでしょう」

「さあ、たぶん、したくないだけなんだと思いますね」

彼はしきりに僕の眼を見ていた。目蓋のあざが気になるんだろう、と僕は思った。

「その顔の傷は喧嘩ですか」

そうだと答えると、彼は額に皺をきざんで暗い顔をした。僕はあわてて、おとといのことを話した。

「弟とやったのかと思いましたよ」

「あいつはそんなことはしません」と僕はいった。「虫も殺さない奴なんだから」

彼はポケットから封筒をだして、テーブルに置くと、弟に渡してくれ、といった。

僕は封筒を手にとって、金ですか、といった。

「ええ、弟にこれきりだといってください」

僕はそれをテーブルに置き直して、

「静雄は明日、帰ってきますよ」といった。

封筒を彼のほうに押し戻した。

「あなたから渡してもらうわけにはいきませんか」

「それはできませんね」と僕は頑固な気持になっていった。

彼が沈黙すると、ぎくしゃくしてこわれそうな空気が、僕らのあいだをすばやく埋めかけた。

「弟から、僕ら一家のことをきいていますか」と彼は封筒をポケットに戻していった。

「ええ」と僕はいったが、そんな話はこれっぽっちもききたがっていないのを示したかった。それで僕は窓の外に視線をやった。

「わかりました。もう一度、弟に会いにきます。おだいじに」と彼はいった。

静雄の兄が帰るとき、僕は椅子に坐ったままで、見送りに行かなかった。

「子供のときには、僕らは普通の兄弟でした」と彼は靴の紐をしめていった。

僕はかがんだ彼の背を見ていた。一緒に犬ころみたいに遊んだものです、あいつは、おとなしい大事な弟でしたよ、僕らは仲が良かった、と兄はいって立ちあがり、椅子に坐っている僕を見た。

「でも、弟も変ったし、僕も変った。僕らの母親はわけへだてがなかった。僕の本当の母親じゃないんです」

「ええ、知っていますよ」と僕はいった。

「母親はこのあいだ、病院に入院しました。今日きたのは、それを弟に知らせようと思ってです」

それを聞いて、僕は静雄あてに叔母から手紙がきていたのを思いだした。静雄の兄に、手紙のことを話して、僕はそれを渡した。玄関で立ったまま静雄の兄はそれを読んだ。僕は注意深く兄を見ていた。

「読んで見ますか」と兄はいった。

「ええ」と僕はいった。

こんなことをあんたに知らせるのは叔母さんはとても心が痛む、それにあんた自身も心を痛めるだろう、と最初に、書いてあった。

でも知らせなければなりません。あんたのお母さんは入院しました。精神病院です。

わたしたちにはそうする以外、方法がありませんでした。あんたのお母さんは、ずっと元気がなく、一日のほとんどを寝てすごしていました。それはあんたも知っているはずです。わたしたちは、めっきり齢を取ったのだろうと軽く考えていました。ところがお母さんは、ある日から起きあがって、夜ですら眠ろうとしません。わたしが悪かったのだ、わたしがすべて悪かったのだ、とつぶやくばかりで、真夜中でも部屋中を歩きまわり、そうでなければ、石のようにひと隅に、じっと坐って身体を固くさせていました。わたしたちには、いったいどうなったのかわかりませんでした。食事をすすめても一切、口にしませんでした。十日めに、わたしは病院に連れて行きました。医者は、このままでは死ぬほかない、といいました。今では、あんたのお母さんは、病室にたくさんの昆虫が這いまわっているといって、おびえて喚きます。そうでないときは薬で眠っています。

病院は海に面した山の中腹にあります。もし、わたしがあんたの母親に今なれるのなら、わたしはあんたに、本当のことを伝えることができるはずです。でもあんたの母親の心のなかに起きたことを伝えられる人は本人しかいません。

お兄さんには電話で知らせます。会いにきてやってください。なんといっても、あんたのお母さんは、齢を取り、疲れすぎています。

僕は手紙を読むと、たたんで封筒にしまった。

「休暇を取りました。弟と病院に行こうと思っています」と静雄の兄はいった。「弟が帰ったら連絡をくれるように伝えてください」

「わかりました。すぐにそうしますよ」と僕は答えた。

彼が帰るとすぐ夕立ちがあった。彼はまだ駅まで着いていないはずだった。部屋が暗くなって、空気が厭な暑さでふくれあがった。雨は激しく、大つぶで、窓から吹きこんできた。

次の日、一日中部屋にいたが、静雄は帰ってこなかった。佐知子からも音沙汰なしだった。それでじりじりしてしまった。きのうの静雄の兄の不意の訪問や、僕らの母親はわけへだてがなかったといったときの彼を、僕は思いだした。静雄が海水浴へ行ったと知ったときの兄貴の不愉快そうにくぐもらせた声の意味を、本当は理解していなかったわけだ。でも僕はわかったつもりでいった。そう考えると少し自分を恥じた。

夕方、アラに電話してみた。よお、どうしたね、とアラはいった。静雄たちは一緒に帰ってきたのかい、ときくと、ああ行きも帰りも一緒だ、まだ会っていないのかい、とアラは、へえ、とでもつけ加えたそうにいった。

「そいつは気がもめるね」とアラはひやかした。

「そんなんじゃないんだよ。ところで商売は明日から？」

「今夜からだ。あんたたちと違ってこっちは働き者だからね」

「今夜、行くよ」

「ああ待っているよ」とアラはいった。

八時に、僕はアラの店へ行った。店は活気づいていた。カウンターと三つのボックスはほとんど満杯だった。誰かが声をかけてきたが、やあ、と僕はそっちへ片手をふっただけで、真っすぐアラのところへ行った。彼は陽焼けして、たっぷりと泳いだあとを皮膚に残していた。いかにも健康そうだった。僕を見るとすばやく笑いかけて、どうだい潮の香りがしないか、とアラは自慢気にいった。カウンターに坐って、ビールだ、と僕はいった。

「静雄たちの居所を知らないかい」

「恋の鞘当てかい？　まきぞえはごめんだよ」

「そんなことじゃないよ。真面目な用件さ」

僕はアラのだしてくれたビールをグラスに注いで、ひと息に飲みほした。

「すれ違わなかったかい。今、彼女と帰ったばかりさ。まだ、その辺を歩いているかもしれないよ」

僕は、もしまたあいつらがきたら、連絡を取ってくれるように伝えてほしい、と頼んだ。

「大事な用なんだ」

「それなら捜したほうが早いと思うな。まだその辺にいるはずだからね」

「ああ、そうしてみるよ」

「ビール、飲みかけだけど、どうする?」

アラのプライベート・ビールにしてくれ、あとでゆっくり飲みにくるよ、と僕はいって外へでた。

僕は駅のほうへむかって歩いた。通りを注意して眺めた。道のむこうをふたりが歩いていないかと、たえず気をつかった。駅へ近づくにつれ、人が多くなった。バス停のいくつも並んでいる通りでは人の列ができ、バスが到着すると、どっと乗降客があふれてごったがえした。人混みに押しのけられて、僕は舗道の端に沿って歩かねばならなかった。

人混みから抜けでて、私鉄の駅の改札口へ行くと、僕は構内を二度行き来してふたりを捜した。それから入場券を買って改札を入った。反対側の改札へでる階段の通路から、ホームを見おろした。電車を待つ連中がずらっと、カカシみたいに並んでいた。北口にでると、キャバレーの呼びこみの男たちがしきりにビラを手渡そうとした。静雄の立ち寄りそうな店を一軒一軒のぞいた。僕は彼らが、僕に黙って、静雄の叔母の土地へ行ってしまったような気がした。道が暗くなり、繁華街が跡切れたので、佐知子と店長にでくわしたあの最初の夜の、私設の卓球場まで戻った。疲れたので、そこの道のへりにたたずんで煙草を一服つけた。

それから、チャーリー・ミンガスの追悼コンサートをやった店へ行くために、市場の路地に入りこんだ。そこが近道だった。路地は小便の匂いがした。そのへんの曲りくねった路地には、汚ないわけのわからないキャバレーがいくつもあった。すでに酔っ払いたちが何人もわめいていた。

その店の前にでると、学生風の男が店の電話をドアの外まで持ちだして、地面にうずくまって話しこんでいた。僕らがその店に頻繁に出入りしていた頃はやはりそんなふうにしたものだ。店は音楽でうるさかったからだ。第一、音楽を聴いている連中の前で、電話にむかって大声で話すのは、僕らにはとても野蛮で無神経に思えたからだ

った。

ドアを押してなかへ入ると狭苦しい店は入口から全部見渡せた。静雄ばかりでなく、顔見知りの者さえいなかった。

もう静雄のたちまわりそうなところは思いつかなかった。煙草屋の赤電話で、アラにもう一度、電話をしてみた。客の誰かがでた。やあ、あんたか、海水浴へはこなかったんだね、とそいつはいった。アラをだして貰った。静雄たちのことをきくと、いや、あれからこっちには戻っていない、なんだってそんなにあわてているんだい？とアラは答えた。

「なにがあったか知らないが、こっちへきて、落着いて一杯やったらどうかね。おごるよ」

「ありがとう。悪いけどこの次にするよ」

と僕はいって、電話を切った。

なんだかひどくくたびれているのを感じた。意志の弱い男のように、思案に暮れて、アラのところへ行ったほうがよかったかな、と思ったりした。もしかしたら本当に、今夜、静雄と佐知子は上野から叔母さんの所へ行ってしまったのかもしれない。それは充分考えられた。もしそうなら、静雄はむこうへ行って母親の事実を知るはずだ。

結局、僕はその足で、アパートに戻ることにした。戻る途中、もし今夜、静雄に会えなかったら、あいつの兄貴に電話をしておこう、と考えた。病院の住所をきいておけばいい。あいつの兄貴には、明日、ひと足先きに病院のある土地へ出発してくれるように伝えておこう。

ところが、九時半の最終の市役所行きのバスでアパートに戻ると、ふたりは部屋に帰っていた。ふたりは、もう飲んで酔っぱらっていて、僕を見ると佐知子は、今晩は、さみしかったでしょう？　と笑ってみせた。

「どこへ行っていたんだい？」と静雄がのんきにいったので、僕はあきれてしまった。ケツを蹴飛ばしてやりたいような気分だった。

それは僕のせりふだ。あちこちおまえを捜してくたびれて帰ってきたところだ、と僕はいった。するとあいつは、ぽかん、というような顔をした。

「なぜ捜す必要があるんだ？」

「おまえが海に行っているあいだに、兄さんがたずねてきた」

「兄貴が？　なんの用でだ？」

僕は兄貴がやってきた用件を伝えた。できるだけ簡潔にいおうと努力した。母親のことをいうとき、僕は静雄が取り乱すのではないかと考えた。でも、あいつはむしろ穏やかに口を噤んだまま、瞳をくもらせただけだった。静雄の兄も、短時間、話しただけだったが、こんな暗い澄んだ眼つきになるのを思いだした。それに気づくと、僕にはなんだかふたりが腹ちがいの兄弟のようには思えなかった。

精神病院、という言葉を遣うと、あいつは鋭い確かめるような眼つきになって、僕と佐知子をちらっと見た。笑おうとするみたいに唇がゆがんだ。僕は叔母からの手紙をだした。おまえの兄貴が読んでいったよ。それで僕も読ませてもらった、と僕はいった。

「兄さんは明日、病院までお袋さんを見舞いに行くそうだ。それでおまえを捜していたんだ」

静雄は手紙を読んだあとも黙っていた。

「あんたも行かなくちゃならないわ」と佐知子がいった。

「ああ」とあいつは泣きそうになっていった。

「病気よ。なんでもないわ」

「そうだ」と僕も頷いた。

「兄貴はもっとお袋のことを知っていなかったかい」

「兄さんも、この手紙以上には知らないそうだ。病院に行けばわかるだろう」

僕は小銭をだして静雄に渡し、兄さんが連絡をくれ、といっていたぞ、といった。ああ、とあいつは頷いたが、立ちあがろうとせず、顔を青ざめさせているだけだった。汗で首すじを光らせていた。静雄は今、怒り狂いそうになっているんだ、と僕は感じた。

やっと静雄は立ちあがると、電話をかけるために外へでて行った。僕はラジオのディスク・ジョッキーを聞いて、ウィスキーを飲んだ。ジョッキーがしきりに笑わそうとするので腹がたった。あんたに話したいことがあるの、と佐知子がいった。なんだ、と僕はいった。

「あんたがどう思ってもいいわ。本当は静雄は明日、この部屋をでるつもりだったのよ。それを今夜、あんたにいうつもりだったの」

「静雄がでて行くのはあいつの勝手だよ」

「聞いて。海できめたの」

「話さなくてもいいよ」

「でも、聞いて。あたしたち、一緒に暮すことにしたの」

「そうだと思っていたよ。前々からそんな気がしていた。静雄がでて行くのは、あいつが叔母さんのところから帰ってきてからでもいいさ。きっとうまくいく」

「うまくやるわ。あんたならそういってくれると思ったわ」

もっとなにかいいたそうだったので、もうなにもいうなよ、と僕は念を押した。ありがとう、と佐知子はいった。礼なんていわなくたっていいさ、と僕はいった。

静雄はなかなか帰ってこなかった。蒸し暑かった。叔母からの手紙を佐知子はそのあいだに読んだ。母親の病状のあたりになると、彼女は急いで読むようだった。僕はディスク・ジョッキーを切った。佐知子は繰返し読んでいた。読み終ってからもなにか考えているようだった。僕はなにも喋らなかった。


翌日は快晴だった。佐知子が床で眠っていた僕の肩をゆすって起こしてくれた。僕と彼女は、朝十時の列車で、兄貴と待ちあわせて出発することになった静雄を見送りに行くことにきめていた。

ゆうべの酔いがまだ残っていて頭痛がした。時間をきくと、佐知子は、列車の時間までまだ三時間もあるわ、といった。

僕はゆうべ床で眠った。二段ベッドは、上が佐知子、下を静雄が使った。酒をあんなに飲んだのになかなか眠れなかった。海水浴場での五日間で、静雄と佐知子がきめたことを考えていたからだった。

起きあがると寝不足と二日酔いで身体がふらふらした。流しで顔を洗っていると、背中で佐知子が静雄を起こす声がした。彼女は手を焼いていた。僕は乾いてさらさらした、気持のいいタオルで顔を拭いた。

ゆうべ静雄も僕も悪酔いを承知で飲んだ。あいつのはがぶ飲みだった。それに三人とも黙りがちだったので、僕らの酔いは身体の底で泥のようになりそうだった。静雄は段々怒りを滲ませて、なぜ母さんはこんなふうに苦しまなければならないんだ、といった。ひとこと喋るとあいつはとまらなくなった。ただの病気だ、と僕はいったが、それは静雄にとっては気安めにすぎなかった。僕にすれば、それ以外に言葉はなかった。ただの病気だといったとき、静雄は世間の奴らは母さんをつかまえてなんというと思う、と僕に噛みついた。僕は腹をたてた。俺も世間か、と僕はいった。佐知子も世間か。おまえもか、と僕はいい続けた。つまらないことを考えるものじゃないわ、と佐知子が見かねていった。俺のお袋はせがれたちにずっと見捨てられてきたんだ、と静雄は喋った。そんないい方って、卑怯だわ、と佐知子はいった。そんないい方ってきたならしいわよ。黙れよ、と静雄は昂奮して声を震わせた。兄貴が俺に電話でいったよ、それなのにおまえは海水浴へ行っていたって。それがどうしたっていうの、と佐知子はいった。あんた、かん違いしているわ、あんたが夏を愉しむのを誰もとめることなんてできないわ、それにそんないい方はあたしたちにふさわしくないわ、そうでしょう、と佐知子はいった。知らなかったことをどうすることもできないのよ。説教する気か、と静雄はいった。誰も悪くないっていっているだけよ、あんたの家族に何があったかなんて、あたしが知っても仕方のないことよ。でもあんたが悪いのは海水浴へ行ったことなんかじゃないわ、あんたはきっとやらなければならなかったことをやらなかったんだわ。僕はふたりのやり取りを黙ってきいていた。静雄は少し落着いたようだった。休みなさい静雄、あんたはたっぷり眠った顔でお母さんに会いに行くのよ、と佐知子はいった。黙ってくれよ、と静雄はひどく酔っ払っていった。僕は伸びあがって、静雄に覆いかぶさると、平手で往復ビンタを、二、三発くらわせた。静雄はぐったりして、静かに殴られていた。この馬鹿野郎、と僕はいった。佐知子がやめて、と叫んだので、僕は手をさげた。わかったわ静雄、飲みましょう。朝まででもいいわ、飲みましょう。殴ったあとで、僕も自分が昂奮しているのに気づいた。静雄の母親がまるで石か樹の影のようになってしまって坐っているのが、僕の心に宿ってしまった。静雄は非力な子供のようになっていた。佐知子が静雄にしっかりとした口調でいった。いい、静雄、よくきいて。あんたはお母さんに会ったら、あたしたちのところへ戻ってくるのよ。三人で陽気にやるんだって、あんた海であたしにいったでしょう。あたしたちは笑って三人で遊ぶの。あたしたちはそうするのよ。あんたはただここに戻ってくればいいの。夜になったらアラの店に行って、いろんな連中と飲んで、気がむけばサッカーをするのよ。あたしたちはそうするのよ。

「早く起きてちょうだい」と佐知子が、ベッドのなかでまだぐずぐずいう静雄に手を焼いていた。

今日はいい朝だ。僕は窓の外を見た。畑や樹がくっきりした輪郭を持って見えた。さっぱりしたいい朝だ。佐知子の声は苛だっていなかった。僕は裸になると上半身も拭いた。この朝のむこう、風や空気や光や土や、それらの夏特有の匂いのむこうに、静雄の母親が坐って、息子を待っているのが僕には見えた。

タオルを首にひっかけて、僕はベッドのところへ行った。静雄は二日酔いで苦しんで、うんうんうなっていた。佐知子がしきりに静雄をゆすぶったが、あいつは眉をしかめて、よだれのように唾液をたらしているだけだった。

「世話の焼ける奴だ」僕は腕を引っぱった。

「眠らせてくれ」と静雄はごねた。

「駄目よ。子供みたいなことをいわないで」

「さあ、起きるんだ」

静雄はやっと上半身を起こし、ぼんやりこっちを見た。顔が土のなかに埋っていたみたいで、まるで精気がなく、半病人のようだった。

「洗面器に水を入れて持ってきてくれ」と僕は佐知子に頼んだ。

なみなみと水を満たして彼女は洗面器を運んできてくれた。

「さあ、顔を洗え。俺たちをてこずらせるなよ」と僕はいった。「おまえは、お袋に会いに行かなくちゃならないんだ。いつまでも酔っ払っているわけにはいかないんだ」

床に坐って、あいつは顔を洗った。佐知子があんた鳥みたいだわ、とのびやかな声でいった。静雄は黙って水をばしゃばしゃさせていた。

それから僕らは三人でテーブルにつき、佐知子が作ってくれた卵料理を食べた。その最中、きのうから気になっていたんだけど、あんたの眼の下にあるのはあざなの？と佐知子が僕にきいた。

「そうだよ。だいぶうすくなったけどな」

「どうしたの？　あたしたちがいないあいだになにかあったの」

僕はふたり組に襲われたことをかいつまんで話した。

「相手はわかっているのか」と静雄がいった。

「ああ」と僕はいったが、同僚のことは話さなかった。

「黙っているつもりはないんだろう。手を貸すよ」

「頼むよ。おまえが帰ってきたらな」

僕らはゆっくり時間をかけて食事をすませた。僕は、今日はいい天気だから、列車の旅も快適だろう、列車でひと眠りしたほうがいい、といった。眠れるといいんだがな、と静雄はいった。

三人でそろって部屋をでた。まだ朝なのに陽はもうアスファルトの道に照り返しはじめていた。風が吹いていて、佐知子のスカートと髪をなびかせた。僕らは肩を並べて歩いた。他人が見たら、これからどこかへ遊びに行くようにでも見えたかもしれない。

僕は、今日は静雄は、神経をたかぶらせていないのを感じた。静雄の気持が朝になって解きほぐれてきたので、佐知子は率直によろこんでいた。僕は静雄が病院で母親に会って帰ってきたあと、混雑した競馬場のなかを歩く三人、パドックやオッズ板を眺めてあれこれ予想して時間をすごすときのことを考えた。その頃には静雄は僕らのアパートをひきはらって、佐知子と暮していることになるわけだった。僕のなかにかすかに、痛みににた感情がよぎりそうだった。

静雄の兄と待ちあわせている駅までは、電車でたっぷり一時間、かかった。着いたのは九時だった。待ちあわせのホームまで地下道や階段を歩いて行くと、静雄の兄はもう柱の傍に立って待っていた。兄は夏のスーツを着ていて、出張にでもでかけるみたいに見えた。

「こんにちは」と僕らはいいあった。

「はじめまして」と佐知子はいった。

「このあいだは、どうもありがとうございました」と兄は僕にいった。

ホームは涼しかった。

「退屈しないように新聞か雑誌を買ってこよう」と静雄の兄はいった。「おまえもなにか買わないか」

兄弟は売店に行ってしまった。それから兄が弟を売店の裏へ連れていって、五、六分そこで話しこんでいた。静雄は顔をあげて兄を見ては頷いた。兄がスーツのポケットからこのあいだ僕に渡そうとした金の入った封筒をだしたのが見えた。

「いい兄弟に見えるわ」

「いい兄弟さ」と僕はいった。

列車が入ってきて、佐知子と僕はホームに残り、兄弟が車内を歩くのを窓越しに眺めた。

席に一度着いてから、静雄がホームへおりてきた。

「僕が帰ってくるまで、おまえをやっつけた奴らに手をだすなよ。すぐに帰ってくるから」とあいつはいった。

僕は四日間、無断欠勤をしている勘定だった。仕事に行くと、さっそく店長に呼びつけられた。彼は机の前に坐って、解雇してもいいのだ、とまたおどした。それを効果的にするために店長は細めた眼でにらみつけ、声を低くさせた。

「世のなかをなめていると、こっぴどいめにあうぞ」と店長はいった。

そのあとも店長は、突ったっている僕に、文句を並べたてた。やっと解放されると、事務室をでた足で、佐知子のところへ行った。昼にマクドナルドで会おう、と誘った。ええ、行くわ、と佐知子はいった。

四日ぶりに婦人書コーナーへ行くと、あの専門書コーナーの同僚が近づいてきた。

「休みのあいだ、俺があんたのコーナーも担当していたんだ。仲直りしよう」

彼は勝ち誇って、握手を求めてきた。僕はその手を握りかえした。

「あんたのことはもう悪く思っていない。あんたも悪く思わないだろう?」

「おまえの大事な仲間はどこにいるんだ」と僕は握手をほどいていった。

「仲間? なんの話だい。もう仲直りしたはずだ」

「そういうことか」

「そういうことだよ。お互い水に流そう」と彼はいって、気安く僕の肩を叩いた。

仕事は四日ぶりでできても、なにも変ったことはなかった。例のベストセラーの小説は、やはり、なかなか入荷せず、店長は機嫌が悪かった。退屈だった。店にいるあいだは、佐知子は僕に話しかけなかった。

昼、マクドナルドで会ったとき佐知子は、「静雄はもう病院に着いたかしら」とさり気なくいった。

「列車は夜中に着いたはずだ。叔母さんのところでひと晩すごして、今頃は病院にいるだろう」僕はハンバーガーをコーヒーで流しこんでいった。おとといの深酔いが、まだ胃をあらしているようで、だましだまし僕は食べなければならなかった。

「お母さんに会って、悲しまなければいいけど」

なにかいいたかったが、言葉はなかった。かわりに僕は、本当だったら今日からふたりで暮していたんだな、といった。

「そうね。あんたに悪いわ」

「悪いって顔をしてないぜ」と僕はひやかした。

「だから悪いのよ」

「それが僕にはよかったんだ」と僕はまるで老人の思い出話のようにいった。

僕は病院をたずねて行く静雄の姿を思い描いた。病院は海に向って突きでている山の中腹にあるのだった。そこは、静雄の叔母一家が生計をたてているところから、バスで一時間半かかる。静雄は国電に乗って兄との待ちあわせ場所へむかう途中で、いい場所のようだからほっとしたよ、と僕に話した。僕は、たぶん清潔で、開放的ない い病院だろう、と静雄にいった。あいつは、本当にそうであってくれればとでもいうように、ああ、と頷いたものだった。母さんが入院しているあいだ、雨など一度もふらずに、ずっといい天気が続けばいいと思っている、病室にたくさん陽がさしこむようにね。

でも、もうあいつのお袋にとっては、なにもかもないらしかった。おそらく、ふたりの息子の顔も、見わけがつかないかもしれない。彼女は終日、自分の内側にだけ棲み、とことん動かず、医者は彼女をそうさせないために、何本も何本も注射を打ち続けて眠らせようとする。眼醒めているあいだ彼女は、壁や床を這いまわる無数のムカデや蛙を見続ける。それは今では、ひんやりした感触で彼女の皮膚にまで張りつき、彼女は身体をこわばらせて耐えている。そんなふうに想像すると僕はなんだか怒りが身体中にみなぎりそうだった。

「でよう」といって僕は席をたった。外へでると、光が僕らめがけてふりそそぐようだった。少しのあいだ、黙って歩いた。

「本当に、ありもしないものを見たりするの？　本当にそんな病気があるの？」

「ああ、あるんだ」と僕はいった。

佐知子が身体をわずかに緊張させて、それを解きほぐすようにふっと息をついた。

暑いわ、と嘘をいって僕に気をつかった。

病院は涼しいだろうか、窓から海が見えるか、と僕は思った。僕は叔母たち一家と静雄の兄とあいつのために、そしていくぶんかは佐知子と僕のために、それを願った。

「そんなものを見続けても生きていけるかしら」と佐知子はいった。

その晩、ふたりで食事をして、花火大会にでかけた。花火大会は市が毎年この季節に主催するのだった。僕らは開催場所の市民球場に、外野スタンドの入口から入って、芝生に坐って花火を見物した。それはいかにも僕らの住んでいる場所にふさわしい花火大会だった。球場はごったがえしていた。花火がうちあげられるたびに喚声があがった。僕らも負けずにあげた。静雄がいれば、三人でやってきたはずの花火大会だった。

それが終って、観客たちの群と混って球場の外へでてからも、僕らは手をつないで歩いた。佐知子と僕がそんな優しい気分になれたのは、その夜がはじめてだった。いつだったか雨の夜に三人で傘に入って通りを歩き僕が感じたこと、そのうち僕は佐知子をとおして新しく静雄を感じるだろう、と思ったことは本当だった。静雄が母親を見舞って帰ってくれれば、今度は僕は、あいつをとおしてもっと新しく佐知子を感じることができるかもしれない。

すると、僕は率直な気持のいい、空気のような男になれそうな気がした。話すことはなにもなかったから喋らずに歩いた。僕らはお互いに、静雄と自分のことを考えていた。アラの店へ行くか、といったときも、佐知子はさからわなかった。

バスで行った。花火大会の帰りの客で満員だった。僕らはぴったり身体を押しつけ、バスの振動に身をゆだねていなければならなかった。

店の前まで行っただけで、もうにぎわって、あと二、三時間もすれば、サッカーをはじめそうな雰囲気があふれていた。ドアをあけると、それはいっせいに僕らに押し寄せてきた。

　花火大会の帰りだというと、アラは、野球場でやる花火大会はどんなだった、とひやかしかげんできいた。なかなか風情があったよ、と僕はいった。僕らはビールを飲んだ。

「静雄にはあれから会えたのかい?」

「ああ、会えた」

「あのときはひどくあわてていたね。なんの用事だったんだい」

「あいつの兄貴が捜していたんだ」

　それだけでは、なんのことだかわからないのに、アラは、ふうん、そうかい、といって、あとはたずねなかった。そしてまた花火の話をした。子供たちは夜遅くまで外で遊べるのが愉しそうだったわ、と佐知子はいった。あたしも子供のときにはそう思ったものよ。夜遅くまで遊びたいってね。

「静雄はなぜ一緒じゃないんだい」とアラはいった。

「あの人は、今、お母さんに会いに、田舎へ行っているのよ」

　僕はビールをもう一本頼んだ。栓を抜いてくれながら、へえ、静雄にもお袋なんていたの?　とアラは僕らを笑わせようとしていった。間もなくサッカーがはじまったが僕はやらなかった。佐知子も誘われたが、今夜は疲れているの、といって断わった。店にいた客の半数がどやどやでて行ってしまうと、アラは、

「酔っぱらってボール蹴りに夢中になるなんて気違い沙汰だね」といって髭をいじりながら笑った。

「ちょっと前にはアラもずいぶんやったじゃないか」

「あんたもね。でも、もうやりゃあしないよ」

佐知子は本当にくたびれているようだった。カウンターでうつらうつらしはじめ、僕はこの一本を飲んだら、彼女を送って行くことにした。外でサッカーに興じていた連中が何人か息をはずませて戻ってきて、水や氷で咽を潤してはまたでて行った。

　僕は勘定を払い、佐知子に、送って行くよ、といって起こした。

「いつのまに眠っていたの」と彼女はいった。

「夢を見ていたわ。静雄がバタフライで泳いでいる夢よ」

「ああ、あいつのバタフライは、なかなか迫力があったね」とアラはいった。

「ええ、逞しい泳ぎっぷりだったわね」

「この人、静雄にほれてるよ。気をつけたほうがいいよ」とアラは僕にいい、僕は人指し指でアラの鼻をはじく真似をしてやった。

おやすみ、といって僕らは外へでた。ぶらぶら歩いた。眠いわ、といって佐知子がしなだれてきたので、僕は腰を抱いてやった。

「どこでふたり組に襲われたの？」

「そこにコイン・ランドリーがあるだろ。その路地を入ったところさ」

「なぜ襲ったのかしら。あんたお金なんか持っていそうにないわよ」

「さあな」

彼女の腰はあたたかくて、はじめて彼女を抱いたときのことを僕は思いだしてしまった。

「あんたの所へ今夜、泊ってもいい？」

「構わないよ。でもベッドは別々だぞ」

「馬鹿」と彼女はいった。

「それで結構さ。今夜は送って行くよ。ひとりで寝なよ」と僕はいった。

次の日も、その翌日も夜になると佐知子とすごした。僕らはなんだか腰が落着かない気分だった。静雄が帰ってくるまで、それは続きそうだった。帰りは送って行って、佐知子のアパートの前で、また明日、といってわかれた。

四日めに静雄からハガキが速達で届いた。

見送ってくれてありがとう。僕たちは無事着いた。到着した翌日から雨が降りはじめた。朝、叔母の家で眼が醒めると小雨だった。土砂降りのほうがまだいい、と書きはじめていた。

お袋のことは三行だけ書いてあった。

衰弱しきっている。この頃は、ひどく暴れるようになったので、注射で眠らせるときは手足をベッドにしばりつけている。暴れるときは病気の年寄りだとも思えない。最後のほうは字が乱れ、アルコールを飲みながら書いている、とあり、面会日は三日おきできのうがそうだった、もう一度お袋に会って帰るつもりだ、佐知子によろしく、と結んでいた。

雨が一度もふらなければいいといったときのあいつの気持が、これで挫かれたと思うと、あいつの望みも追いつめられていく様子しか僕には思い浮ばなかった。

すぐ返事を書いた。なんと書いていいかわからなかったので、給料を貰っても三人で競馬へ行く日のために無駄づかいをしないで待っている、と書いた。お袋は必ず健康になるだろう、とも書いた。それだけでは足りない気がしたので、僕を痛めつけた奴らのことだが、必ず報復するので手を貸してくれ、おまえが帰るまでに居所をつきとめておく、とつけ加えた。

消し印を見るとおととい だったので、今日あいつは二度めのお袋の見舞いをしたはずだ。お袋の行く末のごたごたを、兄と片づけてから帰るだろうから、列車でこっちへ向うのは早くても、四、五日あとだろう。もしかすればもっと長びくかもしれない。

朝、バスが停留所に着いて、ステップをおりかけると、佐知子が眼の前に立っていた。

「どうしたんだ?」と僕は驚いていった。

「あんたをずっと待っていたのよ」

近づいてきて僕の腕に触った。指に力をこめ、しっかり握って自分を支えるようにしたので、僕は、

「なにがあった?」ときいた。

「きて」と彼女が腕を引っぱり、僕は、

「落着けよ。なにがあったか知らないが、ベンチに坐ろう」といった。

「坐ってなんかいられないわ。見て」

バスからおりて駅へ行く人々と反対のほうへ歩きながら、彼女が新聞の切り抜きをだした。指で破いたらしく、ぐしゃぐしゃに切れていた。宝くじでも当ったのか、と僕は冗談をいおうとし、それに眼を通した。静雄に関する記事だった。一度読んだが、最初、なんのことかわからなかった。それに短すぎる文章だった。静雄の名前がなければ僕らでも見すごしてしまうような記事だった。僕は身体が熱くなるのを感じた。立ちどまって佐知子を見た。彼女は眼をみひらいていた。

「静雄は馬鹿よ」と佐知子はいった。

僕は新聞記事に眼を戻した。手がふるえて切り抜きは波うった。僕は声にだして読んだ。

それによれば、母親の死体が病院のベッドで発見されたのは、二〇日の午前十一時二〇分だった。その時刻に、兄は母親を見舞いに訪れた。彼は用事で、見舞いに行くのが遅れたのだ。その個室には、兄よりひと足先きに、見舞いにきている無職の弟がいるはずだった。兄が行ってみると、しかし弟の姿はなく、母親は死んでいた。

僕は広場を横ぎると駅の売店へ行って、何種類もの新聞を買った。地元の警察は、眠っている母親を絞殺したのは、行方をくらませている弟だ、としていた。それは僕らが何百キロも離れた土地で考えても間違いないことだった。

歩きながら僕は夢中で新聞を読んだ。記事はでているのもでていないのもあった。報道されていないのは道に捨てた。どの記事も同じ書きぶりだった。違うのは、兄がもらした感想や、病院側の、われわれの管理に手落ちはない、といった談話が載っているかいないか、だった。

「静雄はお金を持っているかしら」と佐知子がいった。

「逃げまわるならお金がいるわ」

静雄の兄と待ちあわせた朝に、ホームであいつが金の入った封筒を、兄から受け取った光景を僕は思いだした。

「ああ、少しなら持っているはずだ」と僕はいった。

佐知子が金のことをいったので、やっと僕は、今あいつの身にふりかかっている現実的な問題に思いあたる始末だった。僕は頭に血がのぼっていた。落着くんだ、と僕は自分にいいきかせた。あいつが今、逃げまわっている有様をしっかり心にきざむんだ。兄が渡した封筒にはどのぐらい金が入っていたろう。余分に渡しておいてくれたらいいんだが、とそのときに願った。

僕らは気を静めるために、ベンチに坐って静雄の話をした。きのう着いた速達を佐知子に見せた。朝、でがけに僕は佐知子に見せようと思って、ゆうべ僕が書いた返信と一緒にズボンのポケットに入れてきたのだ。彼女は二日前に静雄が投函したハガキを読んで、眼を皿のようにした。僕はふたたび新聞を読んだ。冷静になると、少しずつ記事のニュアンスの違いやなにかが伝わってきた。静雄に比較的、同情的で、安楽死だとにおわせているのもあった。どっちにしても、これらの記事で、静雄が理解されることはなにもなかった。僕らの住所が載っている記事があって、それには静雄の名前と年齢と職業が書いてあった。無職の弟、とだけ書いてあるのもあった。こんな場合には、静雄が無職だというのは、あいつにとってマイナスになることなのだろう。

佐知子が静雄のハガキを渡したので、僕はそれも読み返してみた。最初にこのハガキを読んで感じた予感が当ったので、僕はおそろしかった。佐知子も同じことを考えたようだ。静雄が叔母たちのところへ到着したときに雨が降っていなかったら、あの人はこんなことをしなかったような気がしないか、それに兄さんと一緒に見舞っていれば、と彼女はいった。俺もそう思う、と僕はいった。しかし、それ以上に僕らがあいつのことを想像するのは不可能だった。

「静雄のところへ行くわ」と佐知子はいった。

「あいつのところへ行っても、もう仕方のないことだよ」

僕はいい、しかし佐知子は、でも行くわ、ときっぱりといった。それなら、と僕はいった。

「夕方に出発するんだ。仕事を休んで、夕方までアパートにいてくれ。あいつから連絡があるかもしれない」

「あんたは?」

「仕事へ行く。店にあいつが電話をかけてよこすかもしれない。夕方、駅で待ちあわせよう」

「いいわ。そうしましょう」

僕らは立ちあがって駅まで行った。近道するために、僕は入場券を買って駅を突き抜けることにした。連絡があったら、すぐ電話をちょうだい、と佐知子がいったので、そっちもだよ、と僕はいった。

店に行ったが仕事は手につきそうになかった。僕は店をうろうろし、電話が鳴るたびに気が気でなかった。

昼すぎ、私服が店にきた。店長が応対し、僕を呼んだ。それで同僚たちはてっきり、僕がなにかしでかしたのではないか、と思ったようだ。事務室で僕は、私服にふたりで話したい、といった。すると私服は、そうだな、あんた以外の人には関係がないからそうしよう、といった。店長は、今度こそ馘だ、というような眼で僕を見てでて行った。

いつ、なんで知ったか、と私服がいったので、僕は駅で買った新聞をだしてみせた。どう思うか、と彼はそれを手にしていった。正直いってびっくりしているし、わからない、と僕は答えた。それは友達が母親を殺したことがわからないということか、と彼がきき返したので、僕はじりじりした。静雄でも母親を殺すことはある、僕でも、と僕はいった。私服は、あんたの考え方は少しおかしい、誰でも人を殺すことはある、でも今はこの事件の話だ、といった。それから彼は、静雄の母親のことやなにかをきいた。正直に僕は答えた。

「あんたは友達をかばう気がないようだね」

「人殺しをかばうわけにはいかないでしょう」と僕はいった。

彼は僕をじっと見た。事務室をでるとき私服は、もし友達から連絡があったら知らせてもらいたい、といった。アパートに彼が戻ってきたときも同じだ、と念を押した。いいですよ、と僕はいい、一緒に事務室をでた。同僚たちが好奇心で輝いた眼を僕らにむけてきた。私服は店長に挨拶すると、でて行った。すぐに同僚が、僕にあれこれききたがったが、なんでもない、ととりあわなかった。専門書の同僚がやってきて、例の一件を警察に話したんじゃないだろうな、あれは水に流したはずだ、といった。おまえとは違う、それにこっちは水に流してなんかいない、と僕はいった。

夕方になっても電話はこなかった。佐知子からも連絡はなかった。それで僕は、もしかしたらあいつが、母親を殺したあとすぐに列車に乗って、こっちへ向っているんじゃないかと考えた。そうだとしたら、こっちの警察が動きだしているのをあいつに知らせる方法はなかった。

仕事を終ると僕は急いで駅へ行った。佐知子がもう待っていた。

「どうしても行くのか」

「ええ」

「場所は知っているかい」

「住所さえわかれば大丈夫だわ」

「兄さんによろしくいってくれ」

「むこうへ着いたら連絡するわ」

佐知子は改札へ入るとすぐに人混みにまぎれてしまった。一度、振り返って手をあげてきた。

僕は佐知子の姿が完全に見えなくなってから、ゆうべあいつに書いた返信をポケットからだして破り捨てた。アパートへ戻ろうか、アラのところへ行こうか、と少し迷った。結局僕はアラの店でひと休みすることにした。

店へ入って行くと、アラは受話器にむかって話していた。僕を見ると、待ってくれ、今きたよ、と受話器にいって、急いで僕を手まねいた。小走りにアラのところへ行って受話器を受けとった。アラがカウンターの僕の前に新聞を広げて、静雄の記事を指で示してよこした。僕は頷いて、もう知っている、と無言でアラにいい、

「俺だよ」と受話器にいった。

あいつは泣いていた。激しく泣きじゃくりはじめたので、馬鹿野郎、と僕はいった。

「いいか、こっちはもう駄目だ。帰ってくるな」

あいつは、自分のほうも、駅やなにかに警察が張りこんでいるから行けない、といった。

「金はあるか」

「ああ、あるよ。兄貴から貰ったのがね。でも役に立ちそうもない」

「とことん逃げまくるんだぞ」

「ああ」とあいつはいった。

「おまえに手を貸せなくなった」とあいつが僕を襲ったふたり組のことをいった。

「いいんだ」と僕はいった。

「佐知子は驚いているだろう。元気か」

「元気だよ。おまえは自分のことを考えろ」

　僕は、佐知子がそっちへむかったところだという話はしなかった。

「もう、電話を切るよ」とあいつはいった。

「ああ」と僕はいった。

　受話器を置くとアラが僕を見ていた。大変なことだな、とアラはいっただけだった。

　その晩、僕はアパートへ帰っても朝まで眠らなかった。静雄のことよりも僕は佐知子のことを考えた。朝になると、僕は新聞を買いに駅まで行った。静雄を見送って行ったときの朝のようだった。

　新聞を広げると、静雄の記事を捜したが、それはきのうの記事よりも短くでていた。あいつは僕に電話をし、電話ボックスからでてきたところを職務質問されて、あっさりと捕まったのだ。

　僕はその記事を二度読んだ。佐知子がそれをどこで知るだろうか、と僕は思った。

草の響き

その六月、どんなあてもなかった。雨ばかり降っていた。たまに晴れ間が覗いても長続きしなかった。

雨は視野を切り裂くみたいだった。彼は濡れたランニングシューズで、アスファルトを蹴り続けた。野球帽のひさしを目深に被ると、眼鏡のレンズに水滴がこびりつくのを防ぐことができる。かわりに視界が極端に狭められた。それで道の曲り角や急なカーブを描いた場所では、不意の車に気を配る必要があった。そんな時でも顔を雨に晒さずに耳をそばだたせ眼をいっしんに凝らして、ひさし越しに道を見つめる。

ランニングの最中は、心臓からくりだされる血液のように、快感が身体中を駆けめぐる気がした。全身の皮膚が興奮してひりつく。何よりも、真っすぐに自分の内側にある沈黙に突き進んでいるといった感覚は新鮮だ。

走っているあいだはとてもよく考えごとができて、夜ベッドに横になってからよりずっといろいろ学べるというあるイギリス人の書いた小説の一節は本当だ。走り終って、呼吸が静まるまで腰に両手をやってその場をうろうろ歩き回ったり、深呼吸したり、軽いジョギングをしたりしながら、彼は時々その小説の一節を思い浮べた。走っている時視界は洗われたようになって物がよく見え、感じることで直接外界に触れることができるという体験は真新しかった。少なくとも無駄にあれこれ考えなくて済んだし、それだけでも、その言葉は真実だった。

最初に遊園地の前からバス通りを走り出す。しばらく走ると、ちょっとした広場になっているバスの折返し場にでる。そこを走り抜ける時、バスが一、二台止っていることがあって、運転手たちはそれぞれ勝手にくつろいでいた。くつろぎ方で性格が判った。そこを駆け抜けてアスファルトの道を二百メートル行くと急な曲り角で、けやき並木のある大正天皇の墓のある参道に繋っていた。

雨がしぶいて右手の草むらを濡らしているアスファルトの道を曲り、けやき並木の参道に駆け込む。水を吸った砂利がランニングシューズの底で踏みつけられて音をたてる。右手は墓所の門までずっと草むらと濃い雑木林だった。参拝する人間たちの食い残した食物を漁って住みついた猫が何匹もいた。彼らは参道に沿った浅くて極端に狭いみぞに身を隠していたり、金網でできたゴミ箱に入り込んで食料にありついていたりする。繁みにひそかにひそんでいる猫が彼の足元を時々、すばやい身ごなしで駆け抜けたりした。注意力を集中していれば、身動きもせずに狭くひそんでいる猫の気配さえ感じることができた。しかし今夜は、車道や梢や草を濡らす雨の音が猫の気配を消していた。雨はそれでもいくらか小降りになった。

ウィンド・ブレーカーは安物で雨を弾き返す力がなかった。水を吸い込んで皮膚のようにぴったりと肩や胸に張りつき、身体の表面を冷たくした。しかし身体の芯はむしろ熱っぽくなって、まるで彼になにかを訴えかけているような気さえした。

参道はゆるい線を描いて左寄りにカーブしている。歩道はたっぷり雨を吸収して彼の足裏を柔らかく打ち続ける。何箇所か水溜りができていて大股で跳び越えねばならなかった。着地する時呼吸は不規則になった。胃袋まで跳ねあがるような気がして、すぐさま呼吸を整えることに努めた。

車道には何台も車が駐車していた。土曜の夜なら、一晩中喚きながら車やオートバイを乗り回す暴走族の連中、ポニー・テールの娘やリーゼントの小僧たちがたむろして、うかれている場所だった。彼らの他に駐車している連中といえば、ホテルやモーテルのかわりに、車内であわただしく愛撫したりセックスに夢中のカップルだった。時々車道を走ると何台かに一台は必ず走り寄って来る影にびくついて、不意にライトを点けたりする。

今夜も何台か止っていた。彼は脇見もせずに墓所の正門めざして走っていた。そこまでで、一・五キロ走ったことになる。ところどころ、ごつごつしたけやきの軟体動物の足みたいに見える根っこが地面に露わになっていた。足を痛めないために水溜りでのように弾みをつけて跳んだ。すると長々と伸びた自分の影が地面から離れて浮びあがる。土はぬかるみ柔らかすぎて、彼は参道の二往復めから、車道のアスファルトを走ることにした。

鉄の門の一番外れが視界に入ってきた。今のところ、一・五キロにたどり着く頃には、苦痛が頂点に達するのを彼は知っていた。最初の頃は一キロ走るだけで立ちどまりたくなったものだった。そんな誘惑をねじ伏せる術があるかどうか心配だった。肺活量の少なさや、足の筋肉の弱さをしばしば罵ったりもした。心臓が身体中に大量に血液を送り込んで、皮膚を上気させる。しかし今ではそのあたりにさしかかると、たとえ雨がどんなに彼を濡らしても全部の毛穴がひらいて汗が吹きでるはずだ。疲労が快感に取ってかわり、身体が苦痛に馴染むのを感じる。いくらでも走れるぞ。子供の時、冬の材木置場の傍らで目撃した癲癇持ちの男みたいに、大の字になって泡を吹きだしながらぶったおれるまで、僕は走れる。

門が次第に近づいて来る。そこでUターンして、参道の反対側に駆け入るのだ。雨に洗われた鉄の柵が鮮やかに見える。ただ、黙々と辛抱して走り続ければいいのだ。すると物のほうでこっちに近づいて来る。それにしても、なんと雨ばかり降る月だろう。彼がはじめて走った夕暮れにも、小雨がぱらついて、髪や耳朶や首筋をしっとりさせたものだ。

近くにプールはあるか？　神経科の医者はカルテを書き終った後で狭いデスク越しに訊いた。もしプールがあれば、一日三〇分泳ぐのが一番効果的だ。彼の名前が書き込まれた真新しいカルテの上で指を組んでいる医者の皺のきざまれた手を見て、それから顔をあげると首を振った。質問されて答えるまで、のろのろした間があるのを感じて彼はまごついた。医者は忍耐強かった。それなら走ることだ、と医者はきっぱりとした声でいって、振り返って書類棚に手を伸すとパンフレットを摑んだ。これを良く読みなさい。とにかく今夜から走りなさい。医者は彼にかわって断固として決断していた。エアロビクス運動——運動療法の栞——水色の紙に刷られたパンフレットのタイトルをぼんやり見つめた。三週間のあいだ仕事を休みなさい。雑念を入れないこと、勿論、本を読んでもいけない。ただ走ること、生活を規則正しくして薬を必ず飲むこと。ひとつひとつ彼は頷いた。機械的にそうしていると感じたりした。そして頷きながら彼はカルテに書き込まれた最初の質問の答えを見た。質問はあらかじめ用意されていた。彼が医者と向きあった途端、その質問は新しい患者には誰にでもする型どおりのもの、といった口調で一方的に繰出されたものだった。医者はひとつ質問をする度に患者の内側を透し見るような眼差しをした。物忘れをするか？　はい。今やったことでもすぐに忘れたりするか？　はい。自分を駄目な人間だと思うか？　はい。死にたいと思う時があるか？　はい。仕事上のトラブルはないか？　はい。本当にないかね？　医者は声を強めて、そんなことがあるはずがないといった口調でいった。彼は口ごもった。仕事場の印刷工場にある医務室で彼はこの診療所を紹介されたのだった。電話予約の手続きや何かもすべてそこでしてくれたし、医務室で喋ったことは洗いざらい医者に伝達されているはずだった。

この一年間彼は、左翼政党の日刊新聞を発行している印刷所の文選の作業場で仮名屋の仕事を続けて来た。文選工が拾って、不足した活字ケースの部分に新しい活字を埋めていくのが彼の主な仕事だった。一日中立ちっぱなしで、終業間際には鼻孔も指紋も爪も、鉛の粉ですっかり汚れてしまい、工場の地下にある風呂場で丹念にタワシでこすらねばならないほどだった。くる日もくる日も彼はケースに向って活字を埋めた。日に二度、階下の鋳造の作業場まで前日に註文しておいた新品の活字を取りに行った。その時には木箱をのせた台車を押して文選工のあいだをすり抜け、キャスターの前を通り、植字工と校正の連中の足元をぬって、ケーブルで台車を下に降すのだ。工場では、彼と規定の年齢に達しない者を除く全員が党員だった。だが若すぎる連中も下部組織の同盟員だったし、要するに彼だけが違っていた。

そうやって日を送っているうちに彼は活字の埋め込み作業をしょっちゅう間違うようになった。単純すぎる程単純な労働だった。それなのにしまいには、今までたった三本の指で何十本もの活字をいっぺんに掴むことができたのに、それも不可能になった。活字は指から崩れて足元の床板に音をたてて落ちた。彼は仕事が出来なくなっている自分を発見した。屈んでこぼした活字を拾いながら、急に眼が涙でふくらんで子供のように泣きだす自分をこらえることができなかった。床に屈んだままの姿勢で、彼はあたり構わず嗚咽する始末だった。それからやっとのことで立ちあがると字詰めの主任のところまで行って、皆んなは僕を役立たずといっている、党員でもないし、党員になろうともしない僕をくずだといっている、とほとんど喚き声でいった。皆んな？　と主任は穏やかな声でいった。確かになかにはそんなことを考えている奴もいるだろう。だがそんなことを現実に誰がおまえに話したんだ？　彼は混乱した。皆んながら陰でこそこそ話しているように僕が感じている、と彼は訂正して訴えた。馬鹿なことをいうな、と主任はメタルフレームの度の強い眼鏡を指で押しあげながら、かん高い鳥のような声でいった。長い年月にわたる文選工暮しで主任の眼はひどく痛めつけられていた。レンズはぶ厚すぎてメタルフレームでは支え切れないぐらいだった。

今日は帰らせて下さい、とうなだれて涙で充血した眼を伏せてやっといった。真昼の電車の扉に立ち、外のちかちかして輝いている屋根屋根を見つめながらも涙はいっこうにおさまらなかった。駅に着いてホームから人が乗り込んで来る度に乗客たちは彼を見て、怪訝な表情をした。それからほぼ一日置きぐらいに無断欠勤が続いた。通勤の途中で全く気紛れに下車することもあった。そんな日は半日以上、足が他人のもののように感じるまであてもなく街をほっつき歩いた。うろついて何もせず、たまに自動販売器で清涼飲料水を飲み、結局疲労困憊してアパートに戻る。工場に出る日には、文選工の話す言葉のほとんどが、彼をなじり咎めだてている言葉となって鼓膜に届いた。実際に何人かに彼は食ってかかったりした。後ろにまわって僕を冷笑するのはやめろ、汚ない奴らだな、おまえらは。だがその後で彼は取り乱し、自分が被害妄想の罠にはまっているのが冷静な時にはいくらか理解できた。電車の中でさえ、シートに坐っている他人たちが彼を気違い扱いして、不自然なそぶりを見せているように思ったりした。しまいには彼は自分を気違いだと信じた。そのことを知らない奴はいないのに、誰もが触れたがらずにいると思った。食事を取らず眠りもしない何日かが続いた。三日連続して無断欠勤した後、工場へ行って、主任に、僕を助けてくれ、と頼み込んだ。空腹と睡眠不足が身体をふらふらにさせていた。工場の文選工だけの休憩所で、主任は破れて中身の覗いているソファに坐って、眼鏡の向うの眼を細めて彼の喋るのを聞いていた。助けて下さい、と彼は床板に正座していった。僕は頭がおかしい、助けが必要です、病院へ行って来ます。なおったらもう一度僕を働かせて下さい、見捨てないで僕に手を貸して欲しいのです。誰も見捨てやしないさ、医務室へ行こう、と主任はいった。主任の後について、キーボード室や何人もの作業中の文選工や刷り屋のアルバイト学生の前を通る時も、誰ひとりこっちを見なかった。暗黙の了解事項が取り交されていて、見ないようにしているのが判った。そうして彼はこの診療所へやって来たのだ。

どうかね、仕事上のトラブルは本当になかったかね、と医者はデスク越しに再び繰返した。ありました、と彼は従順な声で答えた。何を考えたかね、と医者が続けて訊いた。性格を変えたいと思った、僕はまるで正反対の僕にならなければ助かる道はないと思った、と正直に答えた。それらの矢継ぎ早やの質問と答えが、カルテの最初のページにボールペンで書き込まれているのを彼は見つめた。

とにかく走ることだ。医者は力強い励ましを込めた声でいった。デスクの抽出しから、藁半紙に謄写印刷してあるカードを取り出した。このカードに、生活時間帯記録を正確に毎日つけなさい。ところで仕事を休むのに診断書は必要かね？　彼は頷いた。医者は診断書にゆっくりとボールペンをすべらせて、自律神経失調症と書き込んだ。そこにどんな病名を書き込まれるかまじまじと見ていた彼は、精神分裂病や何かではなかったのだ、とわずかに安堵した。……失調症のため、とボールペンを走らせながら、医者が一瞬彼を見た。僕を確かめている、と思った。

こうしてその晩から走りはじめたのだ。第一日めの距離とタイム、一・八キロ、十三分ちょうど。五分後の脈拍数百。六歳の子供と走っても勝ちめのなさそうなタイムだ。

雨は次第に小やみになり、参道を二往復した頃にはすっかりあがってしまって身を軽くさせた。ピッチは衰えなかった。四キロ走った後も、身体は前に進むばかりだった。もう三週間めに入っていた。生活時間帯記録のカードは二枚めで、睡眠や食事や薬や運動が彼の手で印されていた。つまり僕はこの三週間、闘病生活のために走っているわけだろうか？　彼は思い、大量に送り込まれて来る空気で胸をふくらませ、息を喘がせていた。闘病生活？　深刻な面なんか糞くらえだ。はあはあいってあがりそうになる顎をむりやり引きしめ、腕をしっかり脇にあてがって、雨のあがった車道、点々と駐車している車内灯を消した車、そして正面に強いワット数の明りで照らし出された墓所の正門、人を拒んでいる鉄の門を見つめた。

昨夜もやはり雨で、正門の脇にパトカーが駐車していた。車道からも歩道からも眼につきにくい場所で網でも張っているみたいにパトカーは止っていて、不意に彼の視界に入って来た。パトカーの中では、警察官が仮眠している夜勤のタクシー運転手みたいに休んでいた。向うでも彼の姿に驚き、暗いシートで身を動かし窓に顔を近づけてきて彼を苦笑させた。二往復し、四キロめの、墓所の正門で立ちどまると、彼は軽い整理体操をした。門に手をかけて、片足ずつ足指でアスファルトを踏んで、足首を回転させた。前の二週間で走りすぎて、アキレス腱のあたりを脹れあがらせてしまっていた。今そこはサポーターでしめつけられていた。サポーターは雨に濡れて脹れて熱のある部分を気持良くさせていた。パトカーの窓があいて、警察官が何かいった。雨が声をかき消した。えっ、と彼は叫んだ。こんな土砂降りの日でも、と警察官も叫んだ。身体を鍛えなくちゃならないのかね。彼は喋るのがめんどうだった。そこで、首を振った。野球部の選手かい？　警官が親し気に叫んだ。キャッチャーさ、と彼はでたらめをいった。何だって？　と警官が、口を手で囲って訊いた。キャッチャーだよ、草野球の、と彼はがなるようにいった。深呼吸をした。名キャッチャーってわけだ、と警官が暇潰しの声でいった。

今夜はパトカーも、正門脇の郵便ポストみたいな形をした臨時派出所にも人影はなかった。五キロで走るのをやめた。今週いっぱい五キロを走り続けたら、次週からは五・五キロにしようと思っていた。一週ごとにそうやって、〇・五キロずつふやして行くつもりだった。そして十キロの目標に達したら、その後は自由に距離をのばそうと決めていた。そこまで行くことを考えると胸がときめいた。

雨あがりの正門前はすがすがしかった。息を鎮めるために守衛みたいに門を行ったり来たりした。脈拍数を数えると百二十だった。いくらかオーバー気味だったが、それに耐えられない数ではないと彼は判断した。野球帽を脱いで、力いっぱい水気を絞った。トレーニングウェアーのズボンの後ポケットにそれを突っ込むと、汗で粘ついた髪に手を入れてかきあげた。汗はランニングをやめた後のほうが激しく滲んだ。それから煙草に火をつけてしゃがみこんだ。あと五分後にもう一度脈拍数を数えたら、おそらく百そこそこだろう。草野球のキャッチャー、足元のアスファルトの凹みにできている水溜りを見つめてにが笑いした。バーナード・マラマッドの野球小説の主人公みたいに、齢若くして挫折を強いられ、長すぎる年月をへて、不意に登場する天才児、僕は草野球の名キャッチャーというわけだ。煙草を深々と吸った。煙が雨あがりの路上にたち込めて消え、するとアスファルトの参道がどこまでも夜の底で濡れて輝いていた。彼は静寂に満ちた中で自由を感じ取った。ひとつの季節と僕との対峙が、こうして開始されるのだ。六月いっぱい、いや一年中でも好きなだけ降るがいい。容赦なく降りしぶいて僕をさんざん濡らすがいい。僕はたじろがず、土砂降りの雨の底でも空腹の犬のようにひたすら走る。彼は必要なだけの自然な沈黙を手にするだろうし、研ぎ澄ました刃物のようによぎっていく肉体を持つことになるだろうと考えていた。水溜りで吸殻を消し、しゃがんでいる彼の頭の影めがけて投げつけた。立ちあがって車道の真中をとぼとぼ歩きはじめた。晴れ間を見つけて車から出て来ると、喚声をあげながら、スケート・ボードの練習をはじめたふたりの少年の姿が、近づいて行く彼の前で身をくねらせていた。そうして重心を取りながら彼らは時々、声を張りあげて車道を行ったり来たりしている。近づくと彼の影が、道を行き来する上半身の柔らかく動くリーゼントの少年たちの影と交わる。

きみの集中力はきみが考えているよりも劣ってはいない。同じマークを指摘する心理テストでは、たったの四箇所しか間違っていない。数字計算の反復テストでも、少し休憩するだけで集中力はちゃんと元に回復しているよ。

＊

一時間前に彼が二階の会議室みたいな部屋で机にしがみついてやった心理テストの結果を見ながら、あけ放した窓を背にして医者はいった。窓の外は豊富にぶ厚い葉をつけた木で覆われていて、外からの陽と風が、医者の開襟シャツの両脇をはためかせていた。葉をそよがせて入り込んで来る風は涼しく、医者は自信を持った声でこういった。いいかね、きみの性格はきみの全人生でもあるんだよ、いいとか悪いとかの問題じゃない。性格を変えようと思うことはすでに間違いだし、少なくとも頭で変えようと思うことは無駄であるばかりかマイナスでさえあるんだよ。走ることは役に立ちますか、と彼は訊いた。ああ役立つとも、と医者はもっと確信のある声を出した。毎日走ることはそれだけで端的にいって辛抱のいることだよ。それだけでも意志を強くすることには役立つわけだ。要するに今よりもっと強い意志を養うことになるだろう。

医者は椅子に背を凭せて腹で両手を組み、くつろいで世間話でもするように喋った。実際には非行少年をさとすような口調だった。そんな調子で喋られたりしたのは、彼がまだ十八で田舎町の高校生だった時以来絶えてなかった。

わずか二ヶ月前には連日のように降っていた雨が嘘だったように、今は朝でさえ快晴で暑い。眼に入るもの全部が照り輝いて夏を満喫している。しかし時々は気紛れな雷雨があった。その後では虹がかかったりした。それは二重にくっきりとあらわれる場合もあった。子供たちは自転車に乗ったり数人で走ったりして、虹を見あげてはしゃぐのだった。

夏になって走る愉しみをふやした。夜の他にも早朝に走ることにした。アパートの住人が勤めさきに出向く前に寝床を起きだして走った。アキレス腱の脹れもすっかりひいて、足は地面を叩きつけることに馴染んだ。気温が三〇度を越える日中には、たとえ軽いジョギングでもしてはいけないと、運動療法のパンフレットに注意事項があったが、朝走るのはそれでなくとも夜走るのとは違った快感があった。それにもうひとつの愉しみ、汗が流れて眼を痛めつけるのを両腕で拭いながら、彼は一箇所に視点を定めて、そのままでどれだけ広く視界を取れるか注意を傾けて走る。たったそれだけの試みで、彼は自分の見る世界が広められたのを感じた。

この二ヶ月で距離は四キロ増し、目標の十キロまであとわずかだった。九キロ走っているわけだが、五キロを二〇分のタイムで駆けることができた。かりにひとりでなく何人かで競争するとしたら、タイムをもっと縮めることができるはずだ。多分、十七分かそこいらまで。朝晩二度、とことこ走ることで彼が何を得たのか、不思議な病気を恢復するのに役立っているのかどうか、見当はつかなかった。元の木阿弥、そういうことだってないとは限らない、と思ったりした。しかし裸になるとふとももは以前より筋肉がついてがっしりしていたし、肺活量も脈拍数も鍛えられているのは確かだ。それで満足すべきだ、と彼は思った。少なくとも、この今は。

早朝の墓所の歩道は乾いていて、ちょうど木陰になる道は空気もひんやりしていた。食料品運搬のコンテナーを積んだトラックが駐車している。あけた窓の向うで運転手はハンドルに裸の足をのっけて休んでいる。毎朝のことだった。パン屋やハム屋のマーク入りのトラックはそうして駐車して、運転手はきまってくつろいでいた。こんな早くどうしてそんなことをしているのか理解できなかった。そして夜には六月よりもぐっと数を増した暴走族の小僧たちが、ここを占領して浮かれたりお巡りに追い回されたりしているのだ。それから、例のカー・セックスの連中だ。

朝のほうが静かだ。墓所の門まで行くと、守衛が開門の準備に詰所から玉砂利を敷きつめた庭にでて来る、眠た気に肩を落とした姿が見えた。墓所に今まで一度も足を踏み入れたことはなかったし、これからもこんな鬱陶しい場所に好奇心をそそられたりはしないと考えながら、門の前を走って反対側の歩道に駆け込んだ。肺に送りこまれる大量の空気と心臓から送り出される早い血液が、彼を敏感にさせる。風がそよぐとかすかな草いきれが鼻孔にまとわりつく。ある場所では草の匂いは極端に濃くなって彼を見舞う。きっと強い香りを出すある種の草がそこだけ密生しているのかもしれない。

何メートルかさきで、雀が地面でばたばたやっているのが眼に入った。雀の仔ではなさそうだった。六月には巣から落ちて、飢えと寒さで、濁った声で鳴き喚く不運な雀の仔は雨の歩道にはいくらもいた。その度にアパートに持ち帰って暖めてやり、卵の黄身を与えようとしたが、おおかたの仔雀はそれを拒んで餓死する道を選んだ。てのひらでわずかにもがきながら死んで行く仔雀を見ると、彼は頑固な老人みたいだと思ったものだし、餓死を選ぶのが彼には無意味でも彼らには理由があるのだろうと思ったものだ。たまにはなんとかかんとか嘴に黄身を突っ込んで餓死をまぬがれさせたのもいるにはいた。そのうち彼に馴れ肩や頭に止ったりするようになった仔雀も、完全に成長しないうちに突然理由もなく死んだ。死はいずれの場合でも早かった。彼は歩道で暴れている雀に向って自分のペースで走りながら、この季節に仔雀でもあるまいが、たとえそうでも、もう救いの手は延べまいとすばやく決断した。

近づくと雀は地面からすばしっこく飛びたって巣から落ちた仔雀でないことを知らせたが、もうひとつの生き物が短い雑草の根元でもがいていた。走り抜ける時一瞥すると羽を一枚もがれて腹を見せている蟬だった。今おまえを襲っているものがめぐりめぐって僕にまでやって来る。だからこうやって朝晩僕は走っていなくちゃいけないのさ。彼はけやき並木を見た。枝葉が歩道の上にかぶさって道は薄暗くトンネルみたいだった。どんどん走って行くと、右手の草むらと雑木林が切れた部分に緑色のフェンスが見えはじめる。そこは参道よりも一段低くなっていて、野球場や広場があった。蟬で思いだしたが、フェンスの一番手前の地面で死んでいた猫は、まだうっちゃられたままだろうか、と思った。

そこにさしかかると、灰色の猫が毛の艶を失って転がっていた。もう、二、三日にもなるだろう。猫は歯を剝きだして、次第に脂肪を失うみたいに痩せていっているようだった。腹に裂傷があって、はみでた内臓が膿んでいた。車にはねられたんだろう。彼はフェンスに沿って走った。朝野球の連中がグランドで元気のいい声をはりあげている。正面から、長年ビールの飲み過ぎといった感じの下腹を持て余したみたいな走り具合でやって来る男と出会った。彼とすれ違う瞬間、男は息を喘がせながら、それでもなんとか笑顔になろうとして、お早よう、と声をかけてきた。あやうく笑いそうになった。

走っているだけで自分の仲間だと勝手に思うのはこんな齢の男に多かった。梅雨時よりも走る人間は多くなっていたが、彼と同年輩ぐらいの青年なら、すれ違う瞬間、相手がどれだけ今まで走り込んで来たか、へばっているかどうか、走り方はどんな具合か一瞥するだけで判断しあうのだった。仲間が欲しくて走っているのなら話は別だ。そうでなければ互いに唇を噛みしめ、無言ですれ違うだけだ。

フェンスが切れ、野球場に降りて行く階段の所で一度車道を横切って、Uターンするとまた、反対側の参道に駆けこむ。こうして同じ場所をぐるぐる回るのだ。いったい、今まで何度行き来しただろう。よく飽きないな、と気心の知れている友達は茶化し気味にいったりした。僕も同じ気持だ、こんなに自分が忍耐強いたちだとはな、と彼は軽く受け流す。他人が見たら確かに、退屈して力を持て余した犬が同じ箇所を駆け回るみたいに見えるかも知れない。

半分も行かないうちに、さっきのビール腹の男が参道の反対側を、けやきの大木で見えかくれしながらのろのろ走っていた。追いつき、すぐに追い越した。墓所の鉄門はもうあけられていて、守衛の姿はなかった。再び反対側に入り込んで走ると、例の男がすっかり顎を出して走って来るのとすれ違った。だが今度は男は声をかけずにいっそう苦し気に笑いかけようと努力しただけだった。片羽をもぎ取られた蟬は、同じ場所でじたばたしていた。

三周目で彼が門まで行って走りやめると、ビール腹は道端の草の中に腰を降してくたびれ果て、手拭いでしきりに汗を拭っていた。男に近づかずに整理体操をした。跳躍は、熱くどくどくいっている心臓を跳ねあがらせるみたいで苦しく、気持良かった。男が時々こっちを見て何か話しかけたそうにした。深呼吸していると、向うから大型トラックが真っすぐ向って来てブレーキをかけた。運転手がビール腹に何か訊いていて、ビール腹はしきりに首をかしげていた。兄さん、何とか団地を知っているかね、ここいらあたりなんだそうだ、とビール腹が息も絶えだえといった声で彼に訊いた。あいにく覚えがなかった。トラックは一度墓所の玉砂利の庭に入り込んで、それから向きを変えると逆戻りして行ってしまった。

「毎日走っているのかい?」ビール腹が、話の糸口ができたというふうに訊いた。彼は、朝晩だ、といった。ビール腹が、ほおっと驚きの声をあげた。そして、うちとけようとしておどけて自分の腹を叩いた。

「俺はこいつを引っ込ますためだけど、兄さんはなんで走っているんだい？」

「走りたいからですよ」彼は、どいつもこいつもどうして他人のやっていることの理由を訊きださねばすまないのか、と思いながらいった。気が変になったからですよ、走るのも、いってみればリハビリテイションみたいなものなのです。そう答えればどんな顔をしたろうと、男にいった後で思うと愉快だ。

だが、口にした言葉には嘘はなかった。最初の頃には走ることは彼を強制していたが、今は彼は解き放されていた。医者は経過は良好だし、なおりが早い、といった。彼はそれでも時々、重大な精神病患者で、現実が判らなくなっているのだ、他人の話す言葉を正確に理解できない時もある、と考えたりした。するとたったそれだけのことが彼の気持を揺さ振った。どっちにしろ、と彼は汗が額から顎を伝ってアスファルトにしみを作る感触を味わって思った。僕は単純に走ることが好きになっているのだ。

ビール腹はまだ草の中にうずくまるみたいにして坐っていた。彼の答えは話のつぎ穂を与えさせなかった。それでも男はぎこちなく声をかけて来た。

「朝晩か。そんなエネルギーは俺にはないな」

男は笑った。続けていった。

「晩は仕事でくたくたさ。若いんだな。それじゃいくら走っても平気だろうな。俺みたいに苦しがりはしないな」

ビール腹は坐って股ぐらを覗きこむようにしていた。最後はひとり言のように気のない声になっていた。彼のほうでは朝空に顔を向けて首の回転運動をしながら、どういったところで通じないな、と思っていた。必要以上に仲間を欲しがらない男もいるのだ。男がためらった声でまだ何かくちごもっていた。彼はひんやりした木陰の参道を歩いて行った。蟬はもがいていた。片羽で地面を叩いていた。ランニングシューズの爪先で、草の奥へ入れてやった。それで、雀か鴉に見つからない可能性がふえるかどうかはわからなかった。

夜には毎晩、暴走族がたむろしていた。十数人ぐらいの小グループで、梅雨時より威勢が良かった。夜はアスファルトの車道のほうが走りやすいのを彼は知った。それからは二車線の内側を走るようにした。

参道の入口から、暴走族の連中が派手な音をたてる花火や爆竹を鳴らすのが聞こえる。近づくと道に長々と寝転んでいる奴らや、フリスビーやスケートボードをやって愉しんでいるのや、日の丸の大きな国旗を担いで足を車に突っ込んで窓枠に尻を乗せているのがいた。ロックンロールをがんがんかけていた。スクール・デイズとかジョニー・B・グッドとか踊ろよベイビーだとかだ。彼が連中ぐらいの年齢の時にもやっぱり夢中にさせられた曲だ。アメリカン・グラフィティやジミーの映画に行くと、がちがちのリーゼントの高校生たちで占領されていて、館内は活気に満ちていた。こいつらもあの小便臭い映画館で鶏みたいに昂奮していたくちに違いない。ポップコーンをぽりぽりやりながら。

わざわざ道に腹這いになったり、寝転んで足を組み夜空を肘枕で見ている二、三人の小僧のあいだをすり抜けて彼は走った。寝転んでいる連中は、そのままの恰好で彼を眼で追った。誰もひやかして来なかった。墓所の鉄門の上を綱渡りみたいにふざけ散らして、バランスを取りながら歩いている馬鹿もいた。女の子の腰に手を回して、車に寄りかかっていた少年が不意に彼の後を追って走って来た。女の子が笑った。彼は背後で少年がどんな走り方をしているか、のびのびしたその笑い声で知った。鉄門でUターンしかける時、門で綱渡りしていた少年も飛び降りて一緒に駆けて来た。やめなさいよ、と女の子が少し不安がった声でいった。しかし彼は走りやめなかったし、彼らもやめなかった。次々に少年たちが彼の後を追って走りだした。車の窓枠に尻を置いて半身を外に出していた少年も日章旗を担いだままついて来た。口を利く奴はひとりもいなかった。ユー・キャント・キャッチ・ミーの曲が少しずつ遠去かる。いい曲だ、懐しいだけじゃないんだ、と彼は複数の足音と呼吸が後に続くのを感じながら思った。ユー・キャント・キャッチ・ミーだぜ、勝手に後をついて来な、僕はおまえらなんかにつかまったりしない。身体の内でボリュームがあがる。どんどんあがる。くそ。いい夜だ。走るぞ。めちゃくちゃに走るぞ。五百メートル走っても彼らは無言でついて来た。ひっそりとしたただの暗がりになっているグランドでUターンして、彼らの溜りまで行くと、女の子が三人、声をかけてきた。セイジ、ばててるじゃん、と女の子のひとりがいった。うるせえ、とセイジが少年たちのなかで叫んで、それが彼らの最初の声だった。そこまで行くと脱落するのが何人かいた。残りはまだついて来た。日の丸の旗持ちはもう足をもつれさせて、今にも転びそうだった。曲はスィート・リトル・シクスティーンになっていた。血が喚きそうだった。背の高い体格のいいのが懸命に走って彼と並んだ。走りながら眼を見交した。こいつがリーダーだな、と彼は判断した。しかしどっちも喋らなかった。彼は彼らとは関係がなかった。彼らの日常も彼らの夜遊びも乱痴気騒ぎにも彼らの言葉にも。彼らは彼らで、夜、ひとりっきりで走っている男とは無関係だった。少しピッチを早めた。駄目だ、心臓がいかれるぜ、と誰かが走りやめていった。そいつは両膝に掌をつけて前屈みで喘いでいた。

判ったろ？　ユー・キャント・キャッチ・ミーさ。しかしピッチを早めても、ノッポの男は頑張って彼と並んで走った。彼は沈黙を破ってもいい気持になった。なんだってあんな古い曲をがんがんやっているんだ？　映画の話でも良かった。アメリカン・グラフィティは観たか？　ドレィファスは今じゃオスカーを取ってハリウッドで幅を利かせているんじゃないか？　スィート・リトル・シクスティーンを聴いているんだから見たんだろ？　糞みたいに泣かせる映画だったな。そんな具合にだ。

最後までついて来たのはノッポとフリスビーを持っていたふたりだけだった。彼は九キロ走り終って、墓所の門で止った。さきに脱落していた奴が、思い思いの恰好でばてていた。木にもたれているのもいたし、スケートボードに頭をのせてアスファルトに伸びているのもいた。ノッポは彼が整理体操をはじめた傍で、門にしがみついて背中を波打たせながら、足元に唾を吐こうとして口を鳴らしていた。唾はなかなか出なかった。女の子が来て背中をさすってやると、ノッポは腕で女の子を押しのけて拒んだ。そして、やっとの思いで唾の固りを吐いた。それは粘ついて糸を引き、ノッポは片手で唾を切り離さなければならなかった。途中で脱落したのが歩いてやって来た。フリスビーを持っていたのが、だらしがねえぞ、と得意がって叫んだ。ノッポが門に背中を押しつけ澄みきった眼で、彼を見た。いい気分だ、といった。

「しばらくバスケの練習をサボっていたからな」

しばらく俺も仕事をサボっていたよ、と彼ははじめて喋った、ノッポが顎の汗を腕で拭って笑顔を作った。医者は三週間をすぎた後、仕事に復帰するかどうか質問した。それは医者が決めることではなく、彼自身が決断する問題だというい方だった。一晩中、徹夜で回転している輪転機やキーボードで打たれた活字がキャスターの小窓から流れ落ちてくる様を彼は思い描いた。鋳造の鉛の焼ける匂いやひっきりなしにかたかたいって活字を作り出す機械も。印刷所の仕事はやめるつもりです、と彼はいった。それもいいだろう、徹夜仕事はこの病気に向いていない、と医者はいった。彼の提出したクリップで止めた生活時間帯記録のカードを見ていた。そして、睡眠時間も安定しているね、経過は順調だよ、といった。もっと重大な精神病ではないか、僕は取返しのつかないほど心を病んでいるのではないか、と彼は訊こうと思ってやめた。彼の喋ることはどんな些細なことでもカルテに書き入れられた。時々横文字が混った。その部分に何か彼に知らされていない秘密が隠されているように感じたりした。帰りぎわに医者が何気なく、お大事に、といったりすると彼はわけの判らない病気の真最中にいて恢復するまで長い時間が必要なのだと、不安に陥りかけることもあった。それで生活のほうはどうするかね、と医者は訊ねた。失業保険で、と彼はいった。それじゃ、ゆっくり仕事を捜すことだ、と医者はいった。あせることはないよ、人生はきみの齢ではじまったばかりも同然だからね、本も読みたければどんどん読んで構わないよ。集中力もある。充分すぎるほどある。要するに、この間までは自分でも気づかないぐらいひどく疲れていたんだね。彼は、睡眠薬は切って下さい、充分眠れますから、といった。そうしよう、薬に頼らないのが一番だ、と医者はいった。

ノッポが煙草を出して火をつけ、彼にも黙ってすすめた。元気になった連中はスケートボードをはじめた。上手だった。身体が柔らかく、自分の動きまで吸収するみたいだった。煙草を吸うと頭がくらくらした。うまいな、と彼は礼をいう替りに煙を吐き出していった。チャック・ベリーがロックンロール・ミュージックを唄っていた。齢は訊かなくてもわかった。彼よりも六、七年は奴らのほうが若かった。明日、足が痛くて歩けないわよきっと、と女の子が旗持ちの少年に子供っぽい声でいっていた。旗は奴の肩に担がれて、だらりとたれ下ってふくらはぎのあたりで揺れていた。ノッポが号令をかけた。皆んな喚声をあげた。スケートボードやフリスビーを乱暴に車に投げこんで、そして次々と乗りこんだ。何台かのオートバイにまたがって、ヘルメットのヒモをしめる連中、日の丸の旗持ちは、又、車の窓枠に坐って上半身を外にだしていた。オートバイの連中が先頭を走りはじめた。後ろにまたがった女の子が悲鳴をあげた。車は後に続いた。彼はひとり取り残されながら、車の外に上半身を出している少年の日章旗が夜のなかで、激しくなびきながら遠ざかるのを見ていた。

その後も、しばしば夜彼らに会った。何人かはやはり、黙々とあとについて走って来た。ノッポはいつも彼と並んで走った。その後で、ひとことふたこと、短い単純な言葉で話した。ロック・アラウンド・ザ・クロックだとか、シクスティーン・キャンドルズも好きだ、とノッポはいったりした。それは全部、田舎のハイスクールの卒業式の晩に朝まで車を乗り回してうかれるアメリカの少年たちを描いた映画で使われた曲だった。プレスリーも好きだ、新しがる必要なんてないからな、とぶっきらぼうな声でいった。アメリカナイズされるのだって、こっちが望むんだから悪いこっちゃないさ。そんないい方をしたりもした。それらは実際には、もっと上の年代の連中にもてはやされた曲だった。その後で彼も夢中になり、その時の自分を彼はありありと思い返せた。そのほうが新しいのかも知れないな、今、ジョン・レノンだって唄ってるだろ、と彼は答えたりした。自分がいいと思うものだけでいいんだ、とノッポはいった。

しかし長く話すことはいつの場合もなかった。あの星は何かな、ずい分赤いな、とノッポが夜空を指さしていって、星のことは知らないと彼が答えて、それだけで終りの晩もあった。その後できまって彼らは、調子づき、うかれて、車やオートバイに乗っては消えた。走った連中は汗みずくで、乾ききらないうちに通りを突っ走って行くのだ。彼のほうは、奴らの溜り場から離れた場所で愛撫しあったりするために駐車している車の傍を通って歩き、汗をアパートの部屋まで持って帰るのだった。

ある朝、珍しくアスファルトの車道を走った。そこは朝でも、けやきの影になっている土の歩道に較べると陽が当って暑かった。日中ほどではないにしても、涼しくはなかった。ビール腹の男にはあれから一度もあわなかった。男が走ったのはあの日こっきりだったのかも知れない。パンやハムの名前の入ったコンテナーを積んでいるトラックはやはり木陰で涼んでいた。汗がぼたぼた落ちた。そして彼のかけている眼鏡のレンズにこびりついて溜ったりした。

そういえば、あの朝の蟬も、フェンスの脇でよじれて腐っていた猫もいつの間にか姿を消した。蟬はやっぱり鳥についばまれてしまったのかも知れない。二度と飛びたてず、力つきてしまったのだけは確かだ。彼は今、そのあたりを走っていた。

車が一台駐車していた。すれ違う時フロントガラス越しに、シートを倒して眠りこけているカップルが見えた。まだ子供だった。女の子はつるつるした首筋を正面に向けて、腕を額にかざすようにして眠っていた。男の子は横向きになって口を軽く閉じていた。朝の陽が車内に満ちていた。夜のあいだずっとここにいて、セックスをしたり喋ったりして、それから眠ったのだろう。彼は走り抜けながら、ふたりのことを思って微笑した。足が軽くなった。汗は彼を狩りたてた。こんな朝には例のビール腹みたいなのには出会いたくなかった。あの車の中のふたりも見せたくなかった。誰もがそれぞれに一夜をすごすのだ。彼もだ。それからゆるやかに朝になって、そうして照りつける光や暑さの中で日をすごすわけだった。失業保険を取りに行く日だった。職業安定所は三階建てで清潔で、クーラーがよくきいていた。

電車を降りて改札をでると、映画館や果物屋やディスカウントの店のあるごたごたした通りを歩いて行く。職安のドアをあける時の気分を思った。自分が何者か、見当のつかない気になるのだ。帰りには必ず映画館に立ち寄った。そこではいくらか、殺伐として荒っぽい感じになった。仕事を持たずにいることがどんなものか、以前にも経験してよく知っていた。腰がふらついてむしろ苛立ち、風が吹けばそっちへくるりと身体の向きを変える風見鶏のようなものだった。今日、職安で仕事を見つけよう。条件のいい仕事に当るように、せっせとファイルをめくってみよう。今でも隔週に出向く診療所では、彼がデスクの前に坐る度に、それとなく、仕事に就く気はまだ起きないか、就くほうがむしろいいのだ、といったいい方で医者は促すのだった。仕事をする理由もしない理由もなかった。今日、本腰を入れて仕事を捜してもいいわけだ。二度、三度と同じ場所を走り、そのつど、車で深々と眠っているふたりを見た。最後の時は、女の子は少し寝返りをうって、顔を横向けていた。顎の形がなめらかで、耳は輝いていた。起きて動き回っている時の彼女を想像させる寝顔だった。夏はこうしてまだ終っていない。だが走っていれば自然に何かが経過して行く。走るのは単調だ。だが同じ光景ばかりではなかった。感じ取れるものだけがあった。それは身体にとどまらずに、彼の走るペースに合せて背後にすぎて行く。

彼は足に力を込めた。足裏が張りつめて、爪さきがアスファルトを強く弾みをつけるように踏む。世界を蹴って息を切らせ、犬のようだと感じる。

＊

夜が早くはじまる頃になった。徐々に夕暮れが空を染め部屋に入りこんできて、古雑誌の山やステレオやハンガーに架けて壁に吊ってあるズボンの輪郭を曖昧にする頃になっても、彼は明りもつけなかった。部屋でごろごろしながら同じレコードを何度も聴いて、走る時刻を待っていた。空腹だったが牛乳を飲んだだけで我慢した。走れば空腹も忘れる。例のノッポや日の丸の旗持ちは今頃、どんなふうに夜を準備しているのだろう。彼らが作り出す乱雑な夜を。最初の出会い以来、彼らは距離を取ることを心得ていて、行くぞ、というノッポのぶっきらぼうなひと声で、すばやく彼を置いてきぼりした。彼も走ることを誰ひとりすすめたわけではなかった。走りたくない夜にはノッポもただ、彼を眺めて爆竹の火花の中に立っていた。いずれにしろ、つべこべ喋るなんて間抜けさ、と思っているのは共通していた。それは爆竹の火花と煙に浮きだされるノッポ特有の、澄みきってためらいのない眼や表情、投げやりでだしぬけな話し振りで容易にわかった。

部屋はぶどう色で彼は畳に腹這っていた。残暑がいくらか彼を苦しめた。さっき研二が来て、一時間程話して帰った。三年前に知り合ったのだ。一日、どれだけの数の食器を洗うのか、と研二は今の仕事を快活に訊いてきたりした。ひとりにつき最低三個、いや湯飲みを入れると四個で、学生の数はまず五百人はくだらないから確実に二千個以上だ、と彼は他人事のようにいった。仕事の現場を離れると本当に他人事のような気がした。研二はあきれて口をすぼめると音をたてて息を吐いた。彼もにが笑いした。自分でやっているのに想像できない数量だった。

研二は部屋に入るなり服を脱いで、裸になっていた。自分の部屋のようにくつろぐやり方は好ましかった。まる一年活字をいじっていた奴が今度は学食で、頭の悪い大学生相手に二千個の食器洗いか、と研二はいった。半分は機械だ、と彼は説明してやった。学生たちはがつがつと食い終るとステンレスの水槽に食器を放りこんで行くのだ。僕はそれを鳥籠みたいな道具で掬いあげる。湯が籠からたれて腕を濡らす。それからベルトコンベアーに食器をばら撒いてやると、あとは一メートル程の筒の中に送りこまれて、降り注いでいる熱湯が洗い流してくれるのだ。筒を通り抜ける頃に僕は受け口へ行って、熱くなった食器を拾い、別々に仕分けする。僕の手間はそんなぐらいなものだ。身体はぐっしょり水を吸ったみたいに疲労困憊するが、といってどうということもない程単純だ。それにめったにないが暇な時には誰かが受け手になってくれるし、物を相手にするのは僕の性にあっている。彼はそう話した。新米がやることになっているわけだな、と研二は合点した。

三年前に知り合った頃には、研二はまだ学生で、今は高校の英語教師をしていた。実際にはどうみても教壇で、ノッポや日の丸の旗持ちみたいな高校生を相手にしているようには見えなかった。肩幅があって骨格が頑丈で、太い健康な声で喋った。その頃には彼は今とは別の町に住んでいて、そこの福祉会館のプールで、夏、顔見知りになったのだ。最初は日曜日のきまった時刻に顔を合せるだけで、無論、口など利かなかった。顔だけ見知っている連中は何人もいて、いわゆる常連のひとりにすぎなかった。研二は大学の最終学年の夏休みで毎日泳いでいたが、彼はその頃、本屋の店員をしていて日曜だけだった。レジの金を少しばかりくすねたりして、給料の足りない分を補っていた頃だ。

ある日曜の午後泳いでいると、雨雲がみるみるうちに夏空を覆って陽差しを奪った。誰もが時々空を見やった。その後、不意に大量の雨がプールを見舞った。プールサイドにいた連中も泳いでいるのも、土砂降りの雨を避けて逃げ、女の子は両腕で肩を抱きながら悲鳴をあげて走り回った。監視員のアルバイト学生も早々に引きあげ、すると大つぶの雨は無人のプールの表面を叩いて無数の小魚が水面で跳ねているみたいに見えた。彼はしかし雨のプールサイドに残っていた。もうひとり残っている奴がいた。それが研二だった。雨で顔を打たれた研二はひきつった泣き顔みたいになりながら、利巧な奴らは逃げちまったぜ、と毒づいた。いつもそんな辛辣な喋り方をするのを後で知った。彼は、プールで泳ぐのに雨も晴れもないな、どっちにしろ水びたしだ、と叫んだ。そしてプールに跳びこんだ。研二も続いた。クロールで愉しみながら泳いだ。顔を出して口をあけると雨が入った。雨があがるまでふたりでそうやって泳いだ。

〈利巧な奴ら〉が雨のあがった後プールサイドに戻って来るとふたりはシャワー室に降りて、着替えた。福祉会館のホールの隣りにある食堂でビールを飲んだ。そこのテーブルからも、ガラス越しにプールサイドを眺められた。陽の照っている時の陽気ではなやかな気分が漂っていて、女の子達は腰を振って歩き回っていた。常識家だよあいつらは、と研二はビールを流し込んでいった。反射神経さ、と彼は宥めるようにいった。飼いならされているだけだ、と研二はいった。俺たちにだってそんな所はある。彼はいった。研二はあいづちを打った。でも俺達は泳ぐさ、とそれからいった。そうだな、と彼は同意した。

その夏と次の夏もそんなふうで、日曜に一緒に泳いだ後はビールを飲んでプールサイドを眺めてすごした。

今年の六月には研二がいなかったら、どうなっていたかわからなかった。多分、線路脇の草むらか河原で気を失っていたろう。印刷所の保健室で診療所を紹介された後、彼はその足で研二を訪ねた。衰弱しきっていて、身体中がひどく熱っぽくて、物につかまらなくては歩けない程だった。眼はうつろだった。彼はその眼で物を見て、眼に移るものは全部架空の世界で、僕が頭に描いているものだけが真実で現実だと思ったのを覚えている。そう思うと気分が楽になったのも。そして、それは間違いで、自分が何かにはまり込んでいるという葛藤が続いて起きて、苦しんだことも。

彼は研二の所でめちゃくちゃに喋った。泣いた後で、大声で笑ったりした。外に出よう、のんびり散歩でもしようと研二はいった。ふたりで商店街を歩き、河原伝いに駅まで行った。道々、何度となく彼は力を失って道にうずくまった。研二は立ち止って、黙って傍にいた。入院したら、彼は泣いていった。入院するものだとばかり思っていたのだ。故郷の両親に知らせてくれ、他にも何人か伝えて貰いたい人がいる。彼は草むらにうずくまり、河原の向いでラジコンの飛行機が飛んでいるのを見て懇願した。いいとも、と研二はいった。飛行機はぶんぶん音をたて、銀色に輝いて同じ所を何度も何度も旋回していた。腹がすいたな、何か食おうか、と研二がいった。食堂には入れない、恐いのだ、と彼はいった。

それじゃ、パンでも食おうといって、研二が歩きだすと彼はその後について歩いた。食料品屋で、牛乳とパンを買うと河原に戻って土手に坐り、ふたりで食った。研二は顎をあげて空を見つめてゆっくり嚙んでいた。それから、ひとりで帰れるか、とパンを嚙みながら研二はいった。駄目だよ、電車には乗れない、と彼は訴えた。じゃタクシーで帰ろう、送るよ、と研二は穏やかな声でいった。もし僕がタクシーの中で暴れたら、どんなことをしてでも静かにさせてくれ、殴ってでもいい、と彼は頼んだ。なぜだ？　と研二は、時々見せる少年のように相手に心を許した笑顔で訊いた。恐いんだ、部屋にいても息が苦しくなる、心臓が半分になったみたいで、今にも人間でなくなりそうで暴れ狂うような気がするんだ。わかった、と研二は頷いた。だがタクシーの中で彼は正体もなく眠っただけだった。

翌日、診療所にも研二はついて来た。彼が問診を受けているあいだ、研二は固い待合室の椅子に坐って待っていた。何だっていわれた？　と開口一番研二はいった。自律神経失調症だそうだ、でも本当だろうか？　彼はいった。舌がもつれ、言葉はたどたどしくなっていると思った。医者のいったとおりでいいのさ。研二は笑った。今晩から走るようにって。そうか、と研二はいった。俺の従兄弟も同じ病気になったよ。従兄弟の場合は陽気になるほうだったがな。今、田舎に帰って元気でいるよ。

彼が走りはじめてから時々研二は訪ねて来た。六月のことについては何も触れなかった。将棋を指したり、一緒に映画を見たりした。

夜が完全に訪れ彼は立ちあがると電気をつけた。明りの下でサポーターを足首にはめた。研二が忘れていった煙草をくわえた。今日も病気のことはひと言も話題にならなかった。人に向ってはもはや、健康だという他なかった。それ以外のどんな有効な言葉も持っていない自分が見えた。カルテはふえ続けて厚さを増していたし、角はすり切れはじめて、最初のページは黄ばんでいた。医者は薬を切らなかったし、もう診療所に来なくていい、ともいいはしなかった。調子はどうかね。まあまあです。働いているかね。ええ。少し太ったようだね。五キロも太りました。

ランニングシューズをはいた。外へ出ると準備体操をした。アパートの他の住人は、彼が走っていることをとっくに知っていた。熱心だね、とひやかし半分で声をかけるのがいた。すかっとするんですよ、走ると、と彼は答える。ストレス解消にはいいだろうね、と住人がいう。まあね、彼はいう。走る理由など、もうどうでもいいのだ、と身体をほぐしながら思った。生活時間帯記録も今ではつけていなかった。正確なタイムも脈拍も測りはしなかった。彼はただ、十キロ以上走ることだけを考えていた。夜の道に向って身構えて、第一歩を踏み出した。第一歩はいつも第一歩だった。それなりの緊張が必ずあった。走ることが絶えず新鮮な限り僕は走る。夏でも冬でも走る。しばらくたつと、外界に自然に馴染んで行く自分を感じた。こんなふうである限りだ、こんなふうで、彼はそう思った。

バスの折返し場の空地にはバスが二台停っていた。ドアをあけはなして、運転席から大声で話しあっていた。プロ野球の話だった。彼は瞬間、ひとりの運転手の声を聞き、その前をすぎて、参道に向うアスファルト道路に出た。以前には農地で、今は駐車場になっている柵がいくつも続いた。それから原っぱになる。そこはまだ夏草が繁っていて、道に葉を伸した草が顔や腕に触れる。参道の突き当りまでいつものように走ると、ノッポたちがいた。ノッポは彼と並んで走った。

その晩から、ノッポたちは平日の夜には姿を見せなくなった。夏休みは終ったのだ。彼らとは土曜の夜だけ会うようになった。

九月はまたたく間に過ぎた。残暑は次第に勢いを失って、十月にはバスの折返し場近くの野原に、野生のコスモスがいくつもの束になって密生した。六月から七月にアジサイを折って来て牛乳瓶に活けておいたように、彼は毎晩コスモスを一本折って来た。一晩に一本、熱をおびたようにまだ熱っぽく汗ばんだ腕で、繊維の強い丈夫な茎を引きちぎる。みるみるうちに牛乳瓶はコスモスでいっぱいになった。彼はそれをステレオのスピーカーの前に置いていた。半ばねぼけまなこで朝ごとに水をかえてやった。

そうした土曜日の晩、参道で例の日の丸の旗持ちの少年が、たむろしていた仲間たちから離れて一緒に走って来た。トンビみたいにとがった顔と痩せた頬にふさわしい鋭い眼つきをしていた。今では彼らの仲間で、走るのはノッポとこいつだけで、あとの連中は興味を失っていた。夏のはじまりと終りとの境に、仲間の顔ぶれもいくらか変っているようだった。

今夜はノッポは他の仲間と何かやっていて、走るつもりはないらしかった。奴は気ままだ、と彼は思った。好き放題に振舞っていて、自分の欲求に忠実だ。ノッポの性癖が仲間にも行きわたっている。多分今は、出発前にぶらぶらその辺を歩き回っているか何かだ。女の子と草のなかかも知れない。二度目に奴らの所へさしかかった時、よく捜したが、しかしノッポはいなかった。やっぱり草のなかだ。何人かがしゃがんで、走っているふたりを見ていた。音楽もなかった。黙りこくって、気がふさいでいるみたいだった。

「何かあったのか」走りながらいった。

「ありゃしないさ、何も」旗持ちが苦し気な息づかいの下で、怒ったように眼を参道に注いで答えた。

奴が車の外に身体をだしてひるがえさせる日章旗は、一台の車のボンネットに広げてかけてあった。日章旗の赤丸は古い血のように黒ずんで見えた。オートバイのハンドルには、模様のついたヘルメットがぶらさがっていた。

走り終ると、旗持ちは汗をたらして息をはあはあいわせながら、墓所の門によじのぼって向う側に降りた。砂利の音が歩く度にした。荒っぽい、怒りにみちた歩き方をしていた。彼は門の鉄柵越しに、前屈みになって歩き回る痩せた旗持ちを見た。腰に手をあてがって、時々苛立って夜空を見あげては、溜息みたいに息を吐く。夏の前に、まだ勢いづいていなかった頃の連中を思いださせた。

彼は、門のひんやりした鉄の感触をてのひらで受けとめながら、よじのぼって墓所の庭に身をひるがえした。はじめて墓所に庭に足を踏み入れた。昼間には参拝に来る老人たちや観光旅行の団体バスでいっぱいになる場所だ。庭は奥行きがあって広々としていた。右手は池のようだった。行くとやはりそうで、走った後の敏感になっている臭覚が水の匂いを暗がりで嗅ぎあてた。よどんでいて、生臭い感じだった。蛍光ランプの明りで、何箇所かに集ってじっとしている鯉か何かが、眼を凝らすとかすかにわかった。旗持ちの少年は無言で、再び庭をぐるぐる走り回りはじめた。何かが奴を突き動かしていた。最初砂利の音はゆるやかに聞こえ、それから間隔が短くなってスピードを早めたのがわかった。犬殺しに不意打ちで首輪をはめられた野犬みたいに、その身体の動かし振りは声もなくもがいて反抗しているみたいだった。

彼は砂利の上に腰を下して、動き回っている少年の身体を見つめた。やみくもで手に負えなくなっているな。彼はうずくまるような姿勢でいた。診療所へ行く前の日、研二と河原を歩きながら、何度もそうやってうずくまったのを思いだした。頭上で光が渦をなして、痛めつけるように感じさせたものだ。ひとりの時でも、歩くことができずにあの頃はうずくまったものだった。そんな時には空を見あげた。今は静かだった。落着いていて心を騒がせるものはなかった。途方に暮れることもない。

「皆んな来いよ」旗持ちが外の連中に叫んだ。旗を持って来い、とそれから付け足した。

門をよじのぼる時、女の子たちには助けが必要だった。背中から両脇を支えて貰って、ヘルメットを被った女の子は門にあがった。日章旗が旗持ちの少年に手渡された。走っている車の外ではそれは音をたててひどく抵抗感があるように見える。今はぐったりして、風のない日の鯉のぼりのようだった。彼は見ていた。ライターを取り出して旗持ちがそれに火を点けるのを。旗はすぐに勢い良く燃えあがった。喚声があがり、誰かが爆竹を鳴らした。火薬の匂いがすばやくあたりに立ち込めて、地面を這うようにして彼の場所にも届いて鼻孔を刺戟した。連中が炎と爆竹の明りの中で喚きはじめる頃、彼は立ちあがって外へでた。泣くなよ、と旗持ちの少年の声がした。女の子を肩車してやっていた。女の子は肩車されたまま泣きじゃくっていた。そんなこといったって、と女の子は答えた。いいから泣くな、と少年はいって、もっと爆竹はないのか、あったら全部鳴らせ、と大声を出した。燃える日章旗の炎に照らされて濃い煙が包んでいた。小雨が降りはじめて髪を濡らし、視界が潤いをおびて、連中のはしゃぎ回る声や爆竹の音が次第に遠去かる。足元で埃の匂いが急に地面から湧きあがる。雨の降りはじめの時はいつもそうだ。彼は六月でそれを知っていた。長い時を走り抜けて来たような気がした。彼は爪さきジョギングで、広々とした道をジグザグにステップを踏むみたいに走ってみた。完全に連中の声が消えてしまった頃、埃の匂いにかわって、雨のすがすがしい香りだけが身体を取り巻き夜の底で彼も地面も草も生きて輝くようだった。

待合室にはいろいろな人間がいた。他人の世話を焼きたがるどもりの老婆や、僕の躁鬱病は四年周期でやって来る、とそればかり話している色の白い太った男もいた。鏡を恐がる少年もいて、誰も本当は自分が病気だとは信じていないような会話だった。

どこがお悪いのって訊くから、ここよって、指さすと相手はとっても不思議な顔をするのね。女が自分の頭を指さして喋っていた。疲れを知らない喋り方で、頻繁に、いい、とってもを使って身振り混りで話した。診察券を木箱に入れて、その女の横を通ってソファに坐ると背中を壁に押しつけた。患者たちは顔馴染みになると、お互いに病気のことをあれこれ話すのが好きだった。根掘り葉掘り他人のことも知りたがった。治療に通っている期間とか、何種類の薬を飲んでいるかだとかだ。そうでないのもいた。彼はそのひとりだった。誰とも顔馴染みになろうともせず、順番の来るのをおとなしく辛抱強く待っている患者だ。

先週のあいつらは、何だってあんなふうに口数少なく、空腹の時のように苛立っていたのだろう。燃えあがった日章旗に照らされてあいつらの顔は赤らんでごつごつして見えた。ノッポがいたら日章旗を燃やしたりしただろうか。

耳には女の得意気な声が入って来た。女は自分が左翼的で民主的な劇団の女優だと喋っていた。わたしはとってもヴィヴィアン・リーが好きなのね。女は子供っぽい作った声で喋っていた。僕もとってもあんたのお喋りが好きさ、と彼は壁一面にベタベタ貼ってある健康保険改悪反対だとか、署名を求めるポスターだとかを眺めた。まるであの文選工の休憩所みたいだった。そこでは二本の活字を使ってやる賭事ばかりしていた。活字の○と×、正と悪、勝と敗などの二本を床に投げ捨ててどちらかを選ぶ。×や悪や敗を拾った文選工が運のない連中で、毎朝当番の工員がいれる一杯百円のコーヒーを奢らねばならないのだ。そのコーヒー代のあがりは党活動の資金としてカンパされるのだった。賭事は一度流行すると禁止命令がでるまで皆んなを夢中にさせた。停電の時にはまるで子供のようにはしゃいで、暗がりで活字をぶつけあって遊んだりした。工場に入る前の厳密なチェックや通りを全て映しだす受付けのＴＶカメラ、しばしばやって来て通りで演説を繰返す右翼の宣伝カー、鋳造での鼻を麻痺させるようなこげ臭い鉛の焼ける匂い。鋳造の坊さんというニックネームの男は今でも、次の競馬のことを考えながら、かたかた鳴っている鋳造機の前に一日突っ立って活字を作っているはずだ。

ヴィヴィアン・リーと気取ったいい方で女がまだ喋っていた。ヴィヴィアン・リーも神経を病んでずっと闘病生活を続けて、それから、とっても素晴しい女優に立ち直ったんですのよ。ほお、ほお、と周囲の患者たちが頷いていた。でたらめをいえ、ヴィヴィアン・リーが神経を病んでいたなんて初耳だ。欲望という名の電車で、義弟のマーロン・ブランドに強姦されるブランチの痩せこけた頬は肺結核のせいさ。死んだのもそのせいじゃないか。彼は心の中で、お喋りな女優を揶揄した。

夜間診療は週に一度しかなく、患者がたてこみはじめた。女優が一切お構いなしに喋りまくっていた。嘘を並べたてるブランチみたいだよ確かにあんたは。違いはせっぱつまっていないってことだ。マイクが次々患者を呼んでいた。今晩は、といって椅子に腰かける彼に医者はいうだろう。調子はどうかね？　まあまあです。運動はしているかね？　ええ、毎晩走っています。その問診の繰返しが、僕を健康に導くわけだろうか。僕は無言でたんたんと走っている。いったい何を病んでいるというのだろう。その夜にもアパートに帰ると彼は走った。参道にも点々と車が停っていて静かだった。

次の土曜日にはノッポたちは誰もたむろしていなかった。あたりはしんとしていて、あてがはずれたような気分になった。ちょうど十キロで走るのをやめた。もっと走ろうと思えば可能だったがそうしなかった。腰に両手をあてて墓所の門の前を歩き回って、この間爆竹と日章旗を燃やしていたあたりを見つめた。ありありとその光景が浮んだ。何度も繰返し思い浮べたりするだろうと感じた。帰りがけ、いつものようにコスモスを引きちぎった。バスの折返し場では、運転手がハンドルに両腕をのせて、こっちをぼんやりした表情で見ていた。

さらに一週間が過ぎて再び土曜になっても、参道は静まり返っていた。時々、ジョギングをやっている男に出会うぐらいだった。それと眼の前を駆け抜けたり全神経を集中して身構えて威嚇の声を絞りだす眼を光らせた猫。ノッポたちは多分、たむろする場所をかえたのだ。彼は走りながら墓所の前を通過するたびに、あの夜の燃えあがる日章旗と気むずかしげに炎と煙の中央に突ったっていた旗持ちの少年を思った。そしてノッポ特有の不意なやり方、気まぐれで説明なしのやり方を思った。

こうして何日間かがすぎた。彼はもう、ノッポたちのことを以前ほど思い出さなかった。研二は時々訪れて来た。まだ走っているのか？　研二は悪意のないひやかし混りの声でいうのだった。あんがいおまえも努力家なんだな。努力？　と彼はにが笑いしていった。そんなんじゃないよ。それならなぜそんなふうに走ってばかりいるんだい？　まるでストイックに見えるぞ、失恋した男が女の前でわざとつれなく振舞うみたいに、と研二がにやにやしていう。うまいいい方を思いついたと思っているのか、英語の教師らしいな、と彼は陽気にやり返した。本当のことをいったまでさ、と研二はいった。そう見えるのなら、きっとそのとおりなんだろう、と彼はいった。俺は失恋の真最中で、気を紛らすために走っているのだ、欲求不満の解消ってわけだよ。そんな会話の後で肩を並べて街をぶらつき、映画を見たりビールを飲んだりした。

失業保険を貰った後必ず立ち寄った映画館に坐って、研二はその頃の彼の話を聞いて、どんな気持だった？　と訊いた。いいかげんな人間になるような気がしたよ、すさんだ、やり場のない感情にみまわれて、気違いのほうがましだとさえ思った、と彼は冗談半分でいった。教師をやめていつかそんな気分を味わってみたいな、と研二は休憩時間の明るい照明の下でいった。世の中には働きたがらない男もいるし仕方なく働いている男もわんさといる、それから働かないと尻がむずむずする男もいるし、多分俺はその最後の部類だ、と彼はいったりした。それから、さっき自動販売器で買ったチケットをもぎりの女の子に渡す時、白痴の男が指を不器用に動かして、次週の映画のパンフを折って渡してくれたのを広げて眼を通したりした。

研二がポップコーンを買って来て、ふたりで齧った。見終って映画館をでるとさっきの白痴が唇をあけて、壁に背を凭せて足元にぼんやり視線を投げかけていた。真新しい冬のコートに両手を突っこんでいて、それがふたりの親しみのこもった笑いを誘った。そういえば秋も終りなのだな、と彼は思った。あくびを嚙み殺すと眼尻に涙が滲んだ。いつもああしているのか、と研二が白痴を見ていった。仕事をしていない時はな、と彼はいった。仕事ってパンフを折るだけか？　時々掃除もしているよ。研二は歩きだして、あのコートまさか自分で買ったわけじゃないだろう？　といった。あのもぎりの女の子でも見たててやったのじゃないか、と彼はいった。でもひどかったな、と研二が映画のことをいった。下らない映画を見させられる時ぐらい自分が阿呆に思える時はないよ。彼は同意して笑った。駅前でハンバーガーを食った。清潔な店内で女の子は愛想が良かった。それから互いに反対の方角に向って進む電車に乗って別れた。

冬にさしかかる頃には次第に、星が鮮明に見えはじめ空気は冷えて走り良かった。

しっかりと地面を蹴って走りながら時々次の季節のことを思った。運動の服装のことや寒さのことなどだった。日々は変化がなかった。毎日、ベルトコンベアーの清浄機にへばりつくようにして食器を洗った。診療所に行く日だけ、自分がまだそういう場所でのひとりの患者だということを思い出す始末だった。その他の時は、朝晩の精神安定剤やビタミン剤を飲む時でさえ意識しなかった。多くのこと、走ることも学生食堂での労働もまたたくまに習慣になってくれる、と考えると心が穏やかになる時もあった。

そんなある晩、墓所に走って行くと、門にたてかけたオートバイに身を寄せている男がいた。正面を向いてしきりに足で路面を蹴っていた。近づくとあの旗持ちの少年で、上眼づかいに彼をじっと見続けていた。ノッポたちのことは忘れていた。それもこれも必要な習慣のひとつだなどと思いながら、オートバイの前を無言で走りすぎた。旗持ちが彼の後を追って以前のように走って来た。しばらくは口を利かずに走った。吐く息が夜気のなかでも白くこごえるのが間近の冬を絶えず彼に知らせた。旗持ちの少年はノッポのように敗けまいとして並んで走って来た。旗持ち退屈男め。彼はこみあげてくる笑いを押えた。子供の時に親しみてのひらを汗ばませて見た時代劇のことを話して冗談をいっても通じないほど、年齢のひらきがあった。誰も同じように順番に齢を取ってきたのだ。どういう風の吹き回しだ？　彼は前を見つめたまま訊いてみた。セイジと呼ばれていた少年やノッポのことも。旗持ちは口を噤んでまるで聞いていないみたいだった。ノッポはバスケに熱中しはじめたのか、プレスリーにも、と彼は再度訊いた。走りながら旗持ちがトンビみたいな例の眼で見て、あの夜以来の押し黙った怒りをあらわした。

「死んだよ」と彼にいった。

「なに？」彼は走りやめた。少年も立ち止った。彼は、ノッポがアキラという名前だったのを知った。

「本当か？　かつぐんじゃないだろうな」

旗持ちが頷いた。そしてそれ以上に何か訊かれまいとしているように、黙って走りはじめた。追いかけるのは今度は彼のほうだった。

「事故か？」

「ベランダからぶら下ったんだ」

不意の報せに彼はどうしていいかわからず、路面を見つめた。言葉を失いかけそうになった。あの晩がそうだったのだ。墓所の庭に踏みこんで日章旗を燃やし、荒れ回って、女の子を肩車したり鳥のように奇声をあげて好き放題していたあの夜。あれが彼らの追悼の夜だったのだ。

　何故、あの時話してくれなかったのか？　彼は穏やかに抗議した。

「あんたのことを考える余裕がなかった」それにあの晩俺は身体中で途方に暮れるぐらい怒り狂っていて、誰とも口を利きたくなかったのだ、できることならひとりでいたかった、といった。

　それじゃ何故今頃――と彼は訊きかけた。

「まだ走っているかと思って」少年は短く唇をほころばせて微笑した。

「見てのとおりさ。へこたれちゃいないよ」

「暫く振りだと辛いな」

「十キロでやめておこう。あと、二、三往復だ」

「やっぱり走ってたんだな」息が苦しげだった。

最初の日、ノッポと一緒に旗を担いだまま走って来た奴のことを彼は親しみ深く思い起こした。スィート・リトル・シクスティーンやジョン・レノンのペギー・スーの曲も一緒に。駆け抜けるように知りあっただけだった。死んだと告げられるまでノッポの名前さえ知らなかった。ノッポのほうでは彼の名前も知らずじまいになったわけだ。ただ走っている男、夜になると走っている男で僕はノッポにとっては終ったのだ。

走り終ってふたりで話した。旗持ちはオートバイに身を寄せた。彼は路面に坐って鉄の門に背中を押しつけた。背骨が冷えた。参道のアスファルトはぽつぽつ立っている夜の街灯の下で美しかった。俺はもう子供じゃない、友達がひとりあんなふうに死んだのに子供でいれるはずがない、と旗持ちの少年はいった。彼は恥じらいのこもったその声に耳を傾けていた。話すことは多くはなかった。しょっちゅう行く映画館のあの白痴の男の真新しい冬のコートのことなど、話した。映画は俺もよく見るよ、と旗持ちの少年は足元を見ていった。

「真冬にも走るのか」とそして彼に訊いてきた。

「ああ、勿論だ」

彼は石を拾って、街灯の明りに浮き出ている別の石めがけて投げた。旗持ちはガムを噛んでいた。何故、死んだのだろう？　彼は訊きたくて訊けずにいた問いを口にした。旗持ちの少年は訊かれるべき問いを聞いたという表情で彼を見つめ、ガムを口から取り出すと墓所の鉄門にはりつけた。吸うか？　と彼は煙草を差し出した。しばらくのあいだ俺たちもそればかり考えていた、頭から離れなかった、と旗持ちが首を振って煙草を拒んでいった。

「結局、判らないんだ」朝になったら、アキラは自分の家のベランダからぶら下っていたのだ、それだけだよ、と続けて腹を立てていった。

彼は立ち上った。ノッポらしいな、とかろうじて彼はいった。ノッポとはこんなふうにして話した。それもたまにだった。ノッポの齢を訊こうかと思ってやめた。旗持ちの少年のいうとおりだった。奴はもう子供ではなかった。自分が不意に大人になったと感じた日はいつだったろう、と考えた。彼らの齢には、彼は年齢が若すぎるということだけでそれは罪みたいなものだと感じていたものだった。

いつ終るともなく走っているだけの自分とノッポやノッポの仲間たちとの、走っているあいだだけの奇妙で、寡黙な友情を思った。旗持ちが赤いヘルメットをかぶった。オートバイのエンジンをふかしながら、他人の気持に触れやしないよな、といった。ノッポなら、やっぱり同じことをいうだろう、と彼はいった。だといいな、行くよ、と彼に笑いかけながらいった。汗はもうひいていた。ああ、と彼は頷いた。

＊

トレーナーのうえに灰色のヨット・パーカーを着ると身体が重く感じられた。十一月になってから軍手をはめて走った。前に進む度に、ヨット・パーカーのフードが肩でぱたぱたいった。冬は風が強かった。走るといっそう、そう感じられた。風はまるで彼に集って来るみたいで、頬をかすめ両耳で音をたてた。完全に冬の季節に入ってから、月の左下に赤い大きな星がひとつ必ずくっきりと見えた。それが移動して他の場所にあらわれる頃には冬の季節も終るのかも知れなかった。一度プラネタリウムへ行ってみようと本気で考えると愉快だった。その頃は月と星ばかり見あげて走った。ノッポのことはすでに遠くなった出来事のようになってしまっていた。

診療所に二週間振りで出かけた。木曜で週一度の夜間診療のある日だった。診療のはじまる六時より相当早く着いたのに、ドアを押すと外来患者の靴がすでに十足ぐらい並んでいた。彼はテレビの下のボックスから漫画の本を引っ張りだして読んだ。二階の多分彼が最初の頃心理テストを受けた部屋で、看護婦や薬剤師たちの爆笑が起っていた。待合室のソファの隅で女がひとりぐったりして坐っていた。彼女は長い髪で顔が見えなかった。新しい外来患者が何人か入って来た。顔見知りの者たちは互いに挨拶の言葉を交しあう。女がソファのうえでだるそうに身体を動かして顔を壁に向けて長々と寝そべり、ふくらはぎの所でソファの下にたれ下っている黒いスカートがたわんだ。彼女はそうして壁を向いて寝そべったまま身動きひとつしなかった。

診察がはじまり受付けもその奥のカーテンで仕切られた薬剤室もあわただしくなっ

た。受付けがカルテをそろえて診察室へ持って行ったり、書類棚のファイルを整理していた。何人か順番にマイクで名前を呼ばれてソファを立った。彼は空腹で胃が痛んだ。寝そべっている彼女の名前が呼ばれた。彼女はのろのろ動いて、スリッパをつっかけた。髪をかきあげると、いつかの晩、ヴィヴィアン・リーのことを喋っていたあの舞台女優だという女だった。憔悴しきっていて、顔は土色だった。髪も皮膚も汚れている感じだった。眼を伏せて無表情に彼の前を通った。そういえばここのところずっと彼女は診察に通っていなかったようだ。

診察は長かった。彼は空腹を満たすことを考えていた。次は彼だった。廊下でその舞台女優とすれ違った。あの時のお喋りな彼女ではなく、半ば死人みたいに消耗していて何も感じないふうだった。また新しくやり直さねばならないのだ。

問診を終えると、待合室で薬がでるまで待った。舞台女優はさっき同様放心してぐったりしていた。彼は心が入り組んで、自分にも他人にもそれが見えないように感じた。彼はここに居るのに、心はどこか他の場所へ行きそうで不安になった。この僕も彼女のように振り出しに戻らない保証はこれっぽっちもない。しかし、心の在り場所を失ったままでいいという気もした。女優が呼ばれ、受付けで薬を貰っていた。一度ねじ伏せられて失意の殻に閉じこめられたらそうやすやすと立ち直れない、と彼女の背中を見て思った。彼が呼ばれ、薬を受け取った。いつもどおりです、と薬剤師はいった。玄関でかがんでワークブーツの紐をしめると女優より先に外に出た。

その夜のランニングは六月にはじめて、走ることを命じられた夜に似ていた。

振り出しに戻りたくなかった。参道の入口のカーブしている地点の草むらは枯れて見通しが良くなった。野球場のあるフェンスがそこへさしかかると光った。車が一台、彼の脇を通った。ヘッド・ライトが彼を照し出し、引き伸ばされた影がめまぐるしく交錯した。昼は寒さでかじかんで引きつっていた。夜気のなかでも息が白く吐き出されるのがわかった。空気を吸いこむと咽喉がそのつどひんやりと新鮮になる感じだ。汗が滲み出す頃には、身体は軽くなった。

参道には相変らず車が何台か止って夜の底でひっそりとしていた。真昼には走っている人間には誰ひとり会わなかった。春になるまで冬眠中の生きものみたいに、どこかでおとなしくしているのだろう。

帰り、バスの折返し場で研二とばったり出会った。ドアを閉めて寒さしのぎをしているバスの運転台の前で立ち話をした。訪ねたが部屋にいなかった、多分走っているのだろうと思って捜しに来たのだ、と研二はいった。

「今日は何キロだ？」

「十二キロだ」

「残飯の匂いがするぞ。油の匂いも」

「敏感だな。仕方がないよ、一日中調理場で動き回っているんだからな」

学生食堂では僕はまるっきりネズミみたいなのだ、てんてこまいで、休み時間には脱水状態の半病人みたいにくたくたになる、と彼は急速に冷めていく皮膚を感じて話した。盛りつけられた皿がびっしり並んでいるカウンターの前で、十二時をすぎると学生たちは盆を持って列を作る。彼よりも一年さきに入った同僚と、学生はまるでどこかの国の避難民で僕らはその救済に乗り出した人間みたいだ、などと冗談をいいあったりした。同僚はめぼしい女子学生には親切だった。いい思いをしたがっていたし、そのことに夢中だった。

バスがクラクションを鳴らして発車を知らせた。声をたてて笑いあって研二と彼はバスの前から移動した。バスは道路に乗りあげ、五〇メートルと離れていない最初の停留所で止った。テールランプが浮びあがるように輝き、乗客はひとりだった。いつまでバスの眼の前で立ち話なんかしているんだって顔をしていたな、と研二が運転手のことをいった。

「クラクションの鳴らし方で苛々していたのがわかったよ」

「行こう」彼は促した。

折返し場を横切った。バスのいなくなった折返し場は広々とした感じで、ふたりは肩をぶつけあい、小走りになって、互いに脇腹をこづいてふざけあった。そこは、狭苦しい畑と隣接していて、その境は、線路わきに立ち並んでいるような、コールタールを塗った棒杙で区切られていた。

「調子はどうだ？」棒杙の最後にさしかかる時、ふざけあうのをやめて研二はいった。

研二がそんなことを訊くのは、一緒に診療所までついて来てくれた日以来、はじめてだった。

「順調だ」と彼は、急激に人前もはばからずに泣いたり、不意にうずくまってしまったりしながら研二と歩いたあの頃をすばやく思い出した。どうしてああなるのか、どうしてあんなにも心はひ弱いのか今でも理解できない、と彼はいった。

「覚えてるか。河原の向うでラジコンの飛行機が旋回していたのを」研二がいった。

「あの時のことはひとつ残らず覚えているよ。自分がどんな突拍子もないことを考えたかもな。だけど、話したくない」

「医者には話すんだろ？」

「いや」彼は笑顔でいった。いたずらっぽい笑いになった。

「どっちにしろ、あれから走りっぱなしだな」

「もう一年だ。四つの季節を走った勘定だよ」

少しのあいだ沈黙が訪れた。ダッフル・コートに両手を突っ込んでいた研二が幾分肩をひそめた。走りながら時々、どんどん悪くなっていて、まっしぐらに狂人に向って突き進んでいるような気のする時がある、と彼はいった。

「いいじゃないか、もう」

「そうなんだ。もし僕が時々、思ったり感じたりするように完全におかしくなって、病室に閉じ込められても後悔しないよ」

それも僕の生命のひとつの軌跡には違いないのだから、と考えながら彼はいった。そうなったら退屈しないように毎日手紙を書いてやるよ、と研二は寒さで身をふるわせながら冗談をいって、彼も気軽にそれに応じた。

「毎日走っていると、いろいろなものが見れるよ。同じ場所ばっかり走っているけど、見るものは同じじゃないな」

ノッポや旗持ちの少年や彼らにつきまとっていた少女たち、短いぶっきらぼうな会話やひと夏だけの不思議な交流。

「俺は暇な時はごろごろしているよ」研二の声は、三年前土砂降りのプールではじめて口をききあった時と同じく、太い健康な声だった。それから勤め先の高校が冬休みに入ったら、スペインへ旅行に行くつもりだ、といった。

「どうしたんだ急に。日本が厭になったのかい」彼は僕の声は陽気だ、と感じた。

「前々から考えていたんだ」そのために一年間こそこそ金を貯めていたのだ、やっと目標に達した、と研二はいった。

英語の教師なのだからイギリスにでも行くのが本当じゃないか、なぜよりによってスペインなんか、というと、研二は、スペインが好きだからさ、と簡単に答えた。

「俺がいなくても泣くんじゃないぞ」

「馬鹿いえ。おまえこそ、スペインで心細がって泣くなよ」

研二がまたふざけて彼の頬をこぶしでこづいた。

「まっさきにカタロニアに行こうと思っている」

「その頃も僕はきっと走っているだろうな」

遊園地の柵の前を通ると、彼のアパートが夜に紛れて輪郭を曖昧にさせながら視界に入って来た。今日新しいレコードを買った、帰ったらたっぷり聴かせてやるよ、と彼はいった。カタロニアに着いたら絵葉書を出す、と研二はいった。

大学が冬休みに近づくと次第に学生たちの数も減って、仕事は楽になった。あいかわらず皿ばかり洗っていて、湯と業務用の洗剤で指がふやけているうちに僕の青春は終りそうだなどと時々考えた。そして冬休みに入ると、めっきり仕事は減って、身体は持て余し気味の感じだった。やって来るのはゼミに出席する学生や職員やサークル活動に熱心な学生だけだった。

ある日、調理場に研二から電話がかかって来た。彼はのんびりと、脂がぶ厚くこびりついてすべりやすくなった調理場の床に、大量に粉の洗剤をまいてデッキブラシでこすっている最中だった。今日、スペインへたつ、と研二は話した。絵葉書を忘れるな、と彼はいった。今飛行場だ、あと一時間で出発する、正月は向うですごして帰って来る、と研二はいった。来年の夏にはまた福祉会館のプールで泳ごう、その後でやっぱりビールを飲むのだ、と彼はいった。鬼が笑うぞ、と研二はいった。それから、土砂降りの最中でもな、と付け加えた。泳ぐ前に四階の体育館でバドミントンもみっちりやりたいな、と彼はいった。そうしよう、できたら女の子を入れてダブルスで、と受話器の向うで研二が充実した声で笑った。

その夕暮れ時、ゆっくりとしたペースで走りながら、彼は多くのことを思った。六月のしのつく雨の晩にやっと人生の目的を見つけた男みたいに黙々と走り抜いたことも。その時彼は腹をたてていたのだ。理由もなく自分に。神経を病むなんて女みたいだ、と彼は思ったりしたのだ。それに、夏には朝走ったこと、車のタイヤに引き裂かれた猫の、血を吐こうとでもしているように歯を剝きだしていた死骸や、ひと晩を車の中ですごしてリクライニングを倒して眠っていた女の子と男の子や、そしてなんといっても奴ら、うかれて騒いであちこちでトラブルを起こし顰蹙を買っていたノッポやその仲間。ベランダからぶら下ったノッポはきっと汚れきった棒みたいに見えただろう。あれで夏はしめくくりをつけられたのだ。彼はペースを早めた。いつもより風が冷たく皮膚を掠める。途中で、走りながら、ヨット・パーカーのフードをかぶりヒモをきつくしめた。足に力をこめて踏みだすと、ふくらはぎの筋肉がすばやく伸縮する。振り出しに戻るのはまっぴらだ。僕はこのまま走るだろう。

空気は冷たかったが星はくっきりとそれぞれに美しく、身体の中心は熱っぽい。走り続けるうちにそれは全体に広がった。夜気に触れているのはフードから出ている眼と鼻だけだった。熱ある眼で冬の樹々を見つめ枯れた草をランニングシューズで踏みしだく。怒りに似た感覚が身内に広がり、何キロでも今夜は走り続けていようと決めた。何キロでも、とにかく僕が怒りを持っているとしてそれが本当のものになるまでは。

墓所の鉄門は夜気に包まれて鈍く鉄色に輝いて、何台か止っている車はどれも窓を閉ざしている。どこかで不意にスィート・リトル・シクスティーンやスクール・デイズやユー・キャント・キャッチ・ミーが響いてきて、喚声をあげながらノッポの一団が現われるような気がした。転げ回るように走って来て、彼とともにつかず離れず参道を駆けめぐり、無言で片手をあげて挨拶しあう。走り終った後でノッポはいうのだ。なにをやりたいのか、ってことさ、それだけだよ、俺にとって大事なものは。その声はいかにも奴らしく、落着いた、ぶっきらぼうな声で、どんなふうにでも理解してくれ、とでもいいたげだ。ノッポもまた、彼が奴らぐらいの頃に、年齢が若すぎるというだけで、それを罪みたいなものだと感じていたように、感じていたのかもしれない。

何往復めかには彼はとても冷静になっていた。僕は走る。冬が終り、梅雨時の激しい雨のさなかにも走る。そして夏には研二と一緒に福祉会館で泳ぐだろう。そのプールまで彼はいくつかの駅を電車ですぎなくてはならない。人の気持に触れないといった旗持ちの少年の言葉は本当だ。この冬にも、何度か雪が降ったり、ひどい寒さが見舞ったりするだろうし、そうした晩にも僕は走るだろう。

彼は唇を引きしめた。真っすぐ見つめる。風は走っている彼の周囲に湧き起こるようだ。ノッポのことは考えまい。奴には奴のやり方があったってことだ。ユー・キャント・キャッチ・ミーってことだ。彼はあいつを捕まえることができなかった。彼ばかりでなく誰もがだ。理由も、死、そのものも。あいつはなにかを決めただけなんだろう。人を戸惑わせたり、ぎこちない思いをさせたりは絶対にしない、あの澄んだ瞳で、明け方、ノッポはベランダから通りを見つめたのだ。暗い参道でこぶしを握りしめ、スピードをあげて彼は走り続ける。ゴールなんか、いらない。彼は思った。ノッポにはなにもいわなかった。なぜ彼が走っているか、などと。くる日もくる日も、なぜ、走る必要があるのか、などと。

解説　三人傘のゆくえ

井坂洋子

佐藤泰志の文章の特徴のひとつは、短文で畳みかけるような緊張感にあるが、エッセイを読むとその印象が払拭される。短文だが調子がなめらかなのだ。体の力を抜いてありていに書いている。ということは、彼には小説とはこのようなものだという規範があったということだ（規範のない作家などいないのではないかといってしまえば、その通りなのだが）。いくらか私的な体験を折り込んだとしても、小説は拵《こしら》えものであり、ゲンジツを覆いつくすことはおろか、糊塗することもかなわずに、身をそむけあっているのだと思う。

にもかかわらず、エッセイよりゲンジツの中心部に迫る可能性をもつ。佐藤泰志の小説は、かつては純文学といわれたそんな正統派小説の体質がにじむ。表題作の「きみの鳥はうたえる」にしろ、「草の響き」にしろ、主人公や主な登場人物の言動は、一見ありきたりで単純に見えるけれど、読後、生の奥深い法則というか、宇宙的内界の秩序というか、大いなる何ものかの照らしがあると思う。

ではそれは何なのだろうということに関しては口を閉ざしている。理屈を追っているわけではないからだ。

両作品とも、二十代と若い。登場人物で、身分や地位や財産など、人が求め、目くらまされもするそれらからは自由だ。見通しのよい原に立ち、気ままに動いている。作者は、身をよろうもののない、生命の輝きの他は裸同然の青年たちのコマを動かし、何ものかを探っている。

人は何によって生きているのか、何のために生きるのか、生きる上で大切なことは何かというような大きなテーマに向き合って書いている作家であることは間違いないところだ。私は佐藤泰志と同年生まれの者で、本にまとまった時点、リアルタイムで一度読んでいる。再読して、小説の背景や味付けとなる流行や風俗が懐かしくないことはないが、だからといって回顧的な気分に浸ることはなかった。それよりも、小説の中心に向かってぐいぐいと引きずり込まれる活きた力は、現在読んでも相変わらずであり、だからこそ今の若い人たちのひそかな支持があって復活したのだと思う。

それにしても、「きみの鳥はうたえる」という作品は不思議だ。たいていの人が感じるであろう疑問をあえて口にすれば、なぜ主人公は友人の「静雄」に、恋人の「佐知子」を譲ったのだろう。漱石の「こころ」を意識して書かれたのかどうかはわからないけれども、主人公は小我（エゴ）によって動いていない。「佐知子」が最初に主人公に誘いをかける。主人公は彼女に魅かれるのに、約束をすっぽかすのも不思議だ。自分のエゴ、もっと簡単にいえば欲望に忠実ではなく一拍置くのである。作者はその他、彼の謎めいた行動にメスを入れない。

解き明かすと複雑なことになってしまう心理を、どのような行為をとったかということによって示し、主人公に影の厚みをもたせている。もしかしたら主人公は、自分の中の〝もうひとりの自分〟に身を寄せているのだろうか。〝もうひとりの自分〟からの抑制を常に感じている男なのだろうか。

「草の響き」の、精神科の医者のすすめもあって、ランニングをはじめる主人公にしろ、そのストイシズムはごく初歩的な〝もうひとりの自分〟の育成ということではなかったか、と思う。

「きみの鳥はうたえる」についてはちょっと脇に置いて、「草の響き」（すてきなタイトルだ）に触れると、「自律神経失調症」と診断された主人公は、「どうしてあんなにも心はひ弱いのか今でも理解できない」と嘆く。また、こんなこともいう。

「…もし僕が時々、思ったり感じたりするように完全におかしくなって、病室に閉じ込められても後悔しないよ」「それも僕の生命のひとつの軌跡には違いないのだから」。

作者の佐藤泰志も精神を病んでいた時期があった。福間健二の詩誌「ジライヤ」の「佐藤泰志追悼特集」（一九九一、三）に載っている年譜によると、こうある。

一九七七年（二十八歳）
精神の不調に悩み、三月、上目黒診療所で自律神経失調症の診断を受け、通院をはじめる。以後、死までずっと精神安定剤を服用。療法としてのエアロビクス体操とランニングをはじめる。一日、十キロ以上走る。

小説に描かれていることと、年譜的事実をみだりに混同したりしないほうがいいと思うが、「精神の不調」に悩んだこの年の二年前に、印刷所に勤め、ランニングをはじめた数ヵ月後に大学生協に調理員として勤めはじめているから、この時期のことがらが「草の響き」の下敷きになっているのだと思われる。

ついでながら、「草の響き」が「文藝」に発表された一九七九年（三十歳）の十二月には、「睡眠薬による自殺未遂。入院」とある。

「草の響き」には主人公を取り巻くいくつかの人影があり、友人の「研二」は、「太い健康な声」の持主で、主人公を支える柱のような者として描かれている。また、友人といった顕著な存在でなく、まるで夜の夢の中の人物のような者も登場する。診療所の待合室の女もそのひとりだ。彼女は周りの人に得意気に喋りかけているが、次に会った時はうらぶれ、「顔は土色」になっている。

あとの影は、暴走族の若い男たちだ。主人公のランニング姿を見かけると、一緒に走りだす。そのうちのリーダー格の青年が自殺してしまうというのも、診療所の女と同様に、主人公の意識下にうごめく暗い人影を象徴しているような気がする。

「草の響き」の主人公は、やりたいようにやるだけといいながら、「目的」のようなもの、手ごたえのようなものをどこかで求めている。振りだしに戻らないことを願いながら、積み重ねになっていかない人生と、どううまく折り合いをつけていいのかわからずにいる状態である。

破滅する人間に対して思い入れが深く、その綱に引かれそうになりながら、あやうくもちこたえていて、緊張が走る。

ところで、表題作も「草の響き」も、ともに主人公に名前を与えていない。その代わりにとでもいうように、表題作では「静雄」が、「草の響き」では「研二」が立ちあがってくる。生きている意味の大方は誰かと関わりをもつことであり、ひたむきに人を求め、そのことが自身の肥大化とせめぎ合っている。そのような印象も受ける。「きみの鳥はうたえる」の「静雄」は芥川の小説「蜘蛛の糸」のカンダタのようなと、多少からかわれている。つまり〝いい奴〟として描かれている。

「佐知子」の傘に、「佐知子」を間にして主人公と「静雄」が入って、三人で歩いていくシーンで「そのうち、佐知子のむこうに、彼女を通して新しく静雄を感じるだろう」という文章がある。

それは疑心暗鬼によって吐かれる暗いことばではなく、三人で寄り添い、幸福感に満ちた中で呟かれた思いなのだ。

小説の終わり近くで、もう一度、その時の思いが繰り返される。「そのうち僕は佐知子をとおして新しく静雄を感じるだろう、と思ったことは本当だった（略）今度は僕は、あいつをとおしてもっと新しく佐知子を感じることができるかもしれない」

はじめは「俺の女」だった「佐知子」を、主人公はじつに自然に手放す。「静雄」と一緒に暮らすという「佐知子」に未練の感情はなく、嫉妬心もないかのごとく描かれるのである。もちろん、「静雄」にも同様に。

先の引用の続きで、主人公はこんなふうに思う。

「すると、僕は率直な気持のいい、空気のような男になれそうな気がした」

なれそうな気がしたのだから、現時点では一点の濁りなくというわけにはいかなかったのだろうが、じつに屈託がなくこんなことを書きつける。

「静雄」を通して「佐知子」を、というばかりでなく、「静雄」を通してゲンジツを確かめようとしているのかもしれない。だとすると、「静雄」は無神の身の主人公にとってのカミなのか。しかも心優しいことと、心弱いことがイコールの、自分よりひ弱なカミ……。カミというのはいいすぎかもしれない。でも分身というより、もう少し「静雄」は表立った存在だ。

主人公は、一方では気に喰わない同僚に殴りかかったり、その報復を受けたり、今度はまた仇を討とうとひそかに機をうかがっていたりする。そしてこの〝抗争ごっこ〟の助っ人として「静雄」を頼んだりするのである。

そういうことを考えると、「静雄」は義兄弟のようなものであり、弟分に「俺の女」を譲る気のいい兄貴分を演じたいのかと思ってしまう。

作者は、主人公の心持について分析せず、「率直な気持のいい、空気のような男」

という理想像を、それこそが青春のイコンのように主人公に握りしめさせた。佐藤泰志の、この淡い望みが、彼の重い生の鎖からうまれたのだと思うと感慨深いものがある。

単行本の『きみの鳥はうたえる』は一九八二年に出版され、文壇デビューの一冊となった。佐藤泰志はその後、二冊の小説の単行本を出し、一九九〇年、四十一歳の若さで、自宅近くの植木畑で自死した。翌年にもう二冊、出版された。

寡作な作家という印象だが、彼が書き残したものは朽ちずに、ゲンジツに押し潰されそうな者たちの漂流板のような拠りどころとなって、今後も読み手とともに流れ続けていくだろう。それが作者の一縷の望みだったと思える。

本書は一九八二年三月、河出書房新社より
刊行された単行本を文庫化したものです。
初出
「きみの鳥はうたえる」　「文藝」一九八一年九月号
「草の響き」　「文藝」一九七九年七月号

きみの鳥《とり》はうたえる

二〇一一年 五 月二〇日 初刷発行
二〇一八年 八 月二九日 3刷発行

著 者 佐《さ》藤《とう》泰志《やすし》

発行者 小野寺優
発行所 株式会社河出書房新社
〒一五一－〇〇五一
東京都渋谷区千駄ヶ谷二－三二－二
電話〇三－三四〇四－八六一一（編集）
〇三－三四〇四－一二〇一（営業）
http://www.kawade.co.jp/

ロゴ・表紙デザイン 粟津潔
本文フォーマット 佐々木暁
印刷・製本 中央精版印刷株式会社

Printed in Japan ISBN978-4-309-41079-1

ひとり日和

青山七恵 41006-7

二十歳の知寿が居候することになったのは、七十一歳の吟子さんの家。奇妙な同居生活の中、知寿はキオスクで働き、恋をし、吟子さんの恋にあてられ、成長していく。選考委員絶賛の第一三六回芥川賞受賞作！

青春デンデケデケデケ

芦原すなお 40352-6

1965年の夏休み、ラジオから流れるベンチャーズのギターがぼくを変えた。“やーっぱりロックでなけらいかん”――誰もが通過する青春の輝かしい季節を描いた痛快小説。文藝賞・直木賞受賞。映画化原作。

A感覚とV感覚

稲垣足穂

永遠なる“少年”へのはかないノスタルジーと、はるかな天上へとかよう晴朗なA感覚――タルホ美学の原基をなす表題作のほか、みずみずしい初期短篇から後期の典雅な論考まで、全14篇を収録した代表作。

オアシス

生田紗代 40812-5

私が〈出会った〉青い自転車が盗まれた。呆然自失の中、私の自転車を探す日々が始まる。家事放棄の母と、その母にパラサイトされている姉、そして私。女三人、奇妙な家族の行方は？　文藝賞受賞作。

助手席にて、グルグル・ダンスを踊って

伊藤たかみ

高三の夏、赤いコンバーチブルにのって青春をグルグル回りつづけたぼくと彼女のミオ。はじけるようなみずみずしさと懐かしく甘酸っぱい感傷が交差する、芥川賞作家の鮮烈なデビュー作。第32回文藝賞受賞。

ロスト・ストーリー

伊藤たかみ 40824-8

ある朝彼女は出て行った。自らの「失くした物語」をとり戻すために――。僕と兄アニーとアニーのかつての恋人ナオミの３人暮らしに変化が訪れた。過去と現実が交錯する、芥川賞作家による初長篇にして代表作。